猫と庄造と二人のをんな

谷崎潤一郎

中央公論新社

目次

猫と庄造と二人のをんな

挿画　安井曾太郎

福子さんどうぞゆるして下さい此《こ》の手紙雪ちやんの名借りましたけどほんたうは雪ちやんではありません、さう云《い》ふたら無論《むろん》貴女《あなた》は私が誰だかお分りになつたでせうね、いえ〳〵貴女は此《こ》の手紙の封切つて開けたしゆん間「扨《さて》はあの女か」ともうちやんと気がおつきになるでせう、そしてきつと腹立てゝ、まあ失礼な、………友達の名前無断で使つて、私に手紙よこすとは何と云ふ厚かましい人と、お思ひになるでせう、でも福子さん察して下さいな、もしも私が封筒の裏へ自分の本名書いたらきつとあの人が見つけて、中途で横取りしてしまふことよう分つてるのですもの、是非共《ぜひとも》あなたに読んで頂《いただ》かう思ふたらかうするより外《ほか》ないのですもの、けれど安心して下さいませ、私決して貴女に恨み云ふたり泣き言《なきごと》聞かしたりするつもりではないのです。そりや、本気で云ふたら此の手紙の十倍も二十倍もの長い手紙書いたかて足りない位《くらい》に思ひますけど、今更《いまさら》そんなこと云ふても何にもなりわしませんものねえ。オホ、、、、、私も苦労しましたお蔭《かげ》で大変強くなりましたのよ、さういつも〳〵泣いてばかりゐませんのよ、泣きたいことや口惜《くや》しいことたんと〳〵ありますけど、もう〳〵考へないことにして、できるだけ朗《ほが》らかに暮らす決心しましたの。ほんたうに、人間の運命云ふものいつ誰がどうなるか神様より外知る者はありませんのに、他人の幸福を羨《うらや》んだり憎んだりするなんて馬鹿げてますわねえ。

私がなんぼ無教育な女でも直接貴女に手紙上げたら失礼なことぐらゐ心得てますのよ、それかて此の事は塚本さんからたび〳〵云ふて貰《もら》ひましたけど、あの人どうしても聞き入れてくれませんので、今は貴女にお願ひするより手段ないやうになりましたの。でもかう云ふたら何やたいそうむづかしいお願ひするやうに聞えますけど、決して〳〵そんな面倒なことではありません。私あなたの家庭から唯一《ただひと》つだけ頂きたいものがあるのです。と云ふたからとて、勿論《もちろん》貴女のあの人を返せと云ふのではありません。実はもつと〳〵下らないもの、つまらないもの、………リ、ーちやんがほしいのです。塚本さんの話では、あの人はリ、ーなんぞくれてやつてもよいのだけれど、福子さんが離すのいやゝ云ふてなさると云ふのです、ねえ福子さん、それ本当でせうか？　たつた一つの私の望み、貴女が邪魔してらつしやるのでせうか。福子さんどうぞ考へて下さい私は自分の命よりも大切な人を、………いゝえ、そればかりか、あの人と作つてゐた楽しい家庭のすべてのものを、残らず貴女にお譲りしたのです。茶碗のかけ一つも持ち出した物はなく、輿入《こしいれ》の時に持つて行つた自分の荷物さへ満足に返しては貰ひません。でも、悲しい思ひ出の種になるやうなものない方がよいかも知れませんけれど、せめてリ、ーちやん譲つて下すつてもよくはありません？　私は外に何も無理なこと申しません、踏《ふ》まれ蹴《け》られ叩かれてもじつと辛抱《しんぼう》して来たのです。その大きな犠牲に対して、たつた一匹の猫を頂きたいと云ふたら厚かましいお願ひでせうか。貴女に取つてはほんにどうでもよいやうな小さい獣《けもの》ですけれど、私にしたらどんなに孤独慰められるか、………私、弱虫と思はれたくありませんが、リ、ーちゃんでもゐてゝくれなんだら淋しくて仕様がありませんの、………猫より外に私を相手にしてくれる人間世の中に一人もゐないのですもの。貴女は私をこんなにも打ち負かしておいて、此の上苦しめようとなさるのでせうか。今の私の淋しさや心細さに一点の同情も寄せて下さらないほど、無慈悲《むじひ》なお方《かた》なのでせうか。

いえ／＼貴女はそんなお方ではありません、私よく分つてゐるのですが、リ、ーちゃんを離さないのは、あなたでなくて、あの人ですわ、きつと／＼さうですわ。あの人はリ、ーちゃんが大好きなのです。あの人いつも「お前となら別れられても、此の猫とやつたらよう別れん」と云ふてたのです。そして御飯の時でも夜寝る時でも、リ、ーちゃんの方がずつと私より可愛がられてゐたのです。けど、そんなら何で正直に「自分が離しともないのだ」と云はんと、あなたのせゐにするのでせう？　さあその訳《わけ》をよう考へて御覧なさりませ、………

あの人は嫌な私を追ひ出して、好きな貴女と一緒になりました。私と暮してた間こそリ、ーちゃんが必要でしたけど、今になつたらもうそんなもん邪魔になる筈《はず》ではありませんか。

それともあの人、今でもリヽーちやんがゐなかつたら不足を感じるのでせうか。そしたら貴女も私と同じに、猫以下と見られてるのでせうか。まあ御免なさい、つい心にもないこと云ふてしまうて。………よもやそんな阿呆らしいことあらうとは思ひませんけれど、でもあの人、自分の好きなこと隠して貴女のせゐにする云ふのは、やつぱりいくらか気が咎《とが》めてゐる証拠では、………オホヽヽヽヽ、もうそんなこと、どつちにしたかて私には関係ないのでしたわねえ、けどほんたうに御用心なさいませ、たかゞ猫ぐらゐと気を許していらしつたら、その猫にさへ見かへられてしまふのですわ。私決して悪いことは申しません、私のためより貴女のため思ふて上げるのです、あのリヽーちやんあの人の側《そば》から早《はよ》う離してしまひなさい、あの人それを承知しないならいよ〳〵怪しいではありませんか。

………

福子は此の手紙の一字一句を胸に置いて、庄造とリヽーのすることにそれとなく眼をつけてゐるのだが、小鰺《こあじ》の二杯酢を肴《さかな》にしてチビリ〳〵傾けてゐる庄造は、一《ひ》と口《くち》飲んでは猪《ちよ》口《く》を置くと、

「リヽー」

と云つて、鰺の一つを箸《はし》で高々と摘《つ》まみ上げる。リヽーは後脚で立ち上つて小判型のチヤブ台の縁《ふち》に前脚をかけ、皿の上の肴をじつと睨《にら》まへてゐる恰好は、バアのお客がカウンタ

ーに倚《よ》りかゝつてゐるやうでもあり、ノートルダムの怪獣のやうでもあるのだが、いよ〳〵餌《えさ》が摘まみ上げられると、急に鼻をヒクヒクさせ、大きな、悧巧《りこう》さうな眼を、まるで人間がびつくりした時のやうにまん円《まる》く開いて、下から見上げる。だが庄造はさう易々《やすやす》とは投げてやらない。

「そうれ！」

と、鼻の先まで持つて行つてから、逆に自分の口の中へ入れる。そして魚《さかな》に滲《し》みてゐる酢をスッパスッパ吸ひ取つてやり、堅さうな骨は嚙《か》み砕《くだ》いてやつてから、又もう一遍摘まみ上げて、遠くしたり、近くしたり、高くしたり、低くしたり、いろ〳〵にして見せびらかす。それにつられてリ、ーは前脚をチャブ台から離し、幽霊の手のやうに胸の両側へ上げて、よち〳〵歩き出しながら追ひかける。すると獲物をリ、ーの頭の真上へ持つて行つて静止させるので、今度はそれに狙ひを定めて、一生懸命に跳び着かうとし、跳び着く拍子に素早く前脚で目的物を摑《つか》まうとするが、アハヤと云ふ所で失敗しては又跳び上る。からしてやう〳〵一匹の鰺をせしめる迄に五分や十分はかゝるのである。

此の同じことを庄造は何度も繰り返してゐるのだつた。一匹やつては一杯飲んで、

「リ、ー」

と呼びながら次の一匹を摘まみ上げる。皿の上には約二寸《にすん》程の長さの小鰺が十二三匹は載つてゐた筈だが、恐らく自分が満足に食べたのは三匹か四匹に過ぎまい、あとはスッパス

ツパ二杯酢の汁をしやぶるだけで、身はみんなくれてやつてしまふ。

「あ、あ、あ痛《いた》！　痛いやないか、こら！」

やがて庄造は頓興《とんきよう》な声を出した。リ、ーがいきなり肩の上へ跳び上つて、爪を立てたからなのである。

「こら！　降り！　降りんかいな！」

残暑もそろ〳〵衰へかけた九月の半ば過ぎだつたけれど、太つた人にはお定まりの、暑がりやで汗《あせ》ッ掻《か》きの庄造は、此の間の出水で泥だらけになつた裏の縁鼻《えんはな》へチヤブ台を持ち出して、半袖のシヤツの上に毛糸の腹巻をし、麻の半股引《はんももひき》を穿《は》いた姿のまゝ胡坐《あぐら》をかいてゐるのだが、その円々と膨らんだ、丘のやうな肩の肉の上へ跳び着いたリ、ーは、つる〳〵滑り落ちさうになるのを防ぐために、勢ひ爪を立てる。と、たつた一枚のちゞみのシヤツを透して、爪が肉に喰《く》ひ込むので、

「あ痛！　痛！」

と、悲鳴を挙げながら、

「えゝい、降りんかいな！」

と、肩を揺す振つたり一方へ傾けたりするけれども、さうすると猶《なお》落ちまいとして爪を立てるので、しまひにはシヤツにポタポタポタ血がにじんで来る。でも庄造は、

「無茶しよる。」

とボヤキながらも決して腹は立てないのである。リ、ーはそれをすつかり呑み込んでゐるらしく、頬《ほつ》ぺたへ顔を擦りつけてお世辞を使ひながら、彼が魚《さかな》を啣《ふく》んだと見ると、自分の口を大胆に主人の口の端《はた》へ持つて行く。そして庄造が口をもぐ／＼させながら、舌で魚を押し出してやると、ヒョイとそいつへ咬《か》み着くのだが、一度に喰ひちぎつて来ることもあれば、ちぎつたついでに主人の口の周りを嬉しさうに舐《な》め廻すこともあり、主人と猫とが両端を咬《くわ》へて引つ張り合つてゐることもある。その間庄造は「うッ」とか、「ペッ、ペッ」とか、「ま、待ちいな！」とか合《あい》の手《て》を入れて、顔をしかめたり唾液《つばき》を吐いたりするけれども、実はリ、ーと同じ程度に嬉しさうに見える。

「おい、どうしたんや？——」

だが、やつとのことで一と休みした彼は、何気なく女房の方へ杯をさし出すと、途端に心配さうな上眼使《うわめづか》ひをした。どうした訳か今しがたまで機嫌の好かつた女房が、酌をしようともしないで、両手を懐《ふところ》に入れてしまつて、真正面からぐつと此方《こちら》を視詰《みつ》めてゐる。

「そのお酒、もうないのんか？」

出した杯を引つ込めて、オツカナビツクリ眼の中を覗き込んだが、相手はたじろぐ様子もなく、

「ちよつと話があるねん。」

と、さう云つたきり、口惜《くや》しさうに黙りこくつた。

「なんや？　え、どんな話？――」

「あんた、その猫品子さんに譲つたげなさい。」

「何でやねん？」

藪《やぶ》から棒に、そんな乱暴な話があるものかと、つゞけざまに眼をパチクリさせたが、女房の方も負けず劣らず険悪な表情をしてゐるので、いよ〳〵分らなくなつてしまつた。

「何で又急に、………」

「何でゞも譲つたげなさい、明日塚本さん呼んで、早《は》よ渡してしまひなさい。」

「いつたい、それ、どう云ふこツちやねん？」

「あんた、否《いや》やのん？」

「ま、まあ待ち！　訳も云はんとさう云うたかて無理やないか。何ぞお前、気に触つたことあるのんか。」

リヽーに対する焼餅《やきもち》？――と、一応思ひついてみたが、それも腑《ふ》に落ちないと云ふのは、もと〳〵自分も猫が好きだつた筈なのである。まだ庄造が前の女房の品子と暮してゐた時分、品子がとき〲猫のことで焼餅を焼く話を聞くと、福子は彼女の非常識を笑つて、嘲弄《ちようろう》の種にしたものだつた。そのくらゐだから、勿論庄造の猫好きを承知の上で来たのであるし、それから此方、庄造ほど極端ではないにしても、自分も彼と一緒になつてリヽーを可愛がつてゐたのである。現にかうして、三度々々の食事には、夫婦さし向ひのチヤブ台の間へ必ずリ、ーが割り込むのを、今迄兎《と》や角《かく》云つたことは一度もなかつた。それどころか、いつでも今日のやうな風に、夕飯の時にはリ、ーとゆつくり戯れながら晩酌を楽しむのであるが、亭主と猫とが演出するサーカスの曲藝にも似た珍風景を、福子とても面白さうに眺めてゐるばかりか、時には自分も餌を投げてやつたり跳び着かせたりするくらゐで、リ、ーの介在することが、新婚の二人を一層仲好く結び着け、食卓の空気を明朗化する効能はあつても、邪魔になつてはゐない筈だつた。とすると一体、何が原因なのであらう。つい昨日まで、いや、ついさつき、晩酌を五六杯重ねるまでは何のこともなかつたのに、いつの間にか形勢が変つたのは、何かほんの些細《ささい》なことが癪《しやく》に触つたのでもあらうか。それとも「品子に譲つてやれ」と云ふのを見ると、急に彼女が可哀さうにでもなつたのか知らん。

さう云へば、品子が此処《ここ》を出て行く時に、交換条件の一つとしてリ、ーを連れて行きたいと云ふ申し出でがあり、その後も塚本を仲に立て丶、二三度その希望を伝へて来たことは事実である。だが庄造はそんな云ひ草は取り上げない方がよいと思つて、そのつど断つてゐるのであつた。塚本の口上《こうじよう》では、連れ添ふ女房を追ひ出して余所《よそ》の女を引きずり込むやうな不実な男に、何の未練もないと云ひたいところだけれども、やつぱり今も庄造のことが忘れられない、恨んでやらう、憎んでやらうと努めながら、どうしてもそんな気になれない、ついては思ひ出の種になるやうな記念の品が欲しいのだが、それにはリ、ーちやんを此方へ寄越して貰へまいか、一緒に暮してゐた時分には、あんまり可愛がられてゐるのが忌《い》ま〳〵しくて、蔭でいぢめたりしたけれども、今になつては、あの家の中にあつた物が皆なつかしく、分けてもリヽーちやんが一番なつかしい、せめて自分は、リヽーちやんを庄造の子供だと思つて精一杯可愛がつてやりたい、さうしたら辛い悲しい気持がいくらか慰められるであらう。――

「なあ、石井君、猫一匹ぐらゐ何だんね、そない云はれたら可哀さうやおまへんか。」

と、さう云ふのだつたが、

「あの女の云ふこと、真《ま》に受けたらアキまへんで。」

と、いつも庄造はさう答へるに極《き》まつてゐた。あの女は兎角懸引《とかくかけひき》が強くつて、底に底があるのだから、何を云ふやら眉唾物《まゆつばもの》である。第一剛情《ごうじよう》で、負けず嫌ひの癖に、別れた男に未練があるの、リヽーが可愛くなつたのと、しをらしいことを云ふのが怪しい。彼奴《あいつ》が何でリヽーを可愛がるものか。きつと自分が連れて行つて、思ふさまいぢめて、腹癒《はらい》せをする気なのだらう。さうでなかつたら、庄造の好きな物を一つでも取り上げて、意地悪をしようと云ふのだらう。――いや、そんな子供じみた復讐心より、もつと〳〵深い企みがあるのかも知れぬが、頭の単純な庄造には相手の腹が見透せないだけに、変に薄気味が悪くもあれば、反感も募《つの》るのだつた。それでなくてもあの女は、随分勝手な条件を沢山持ち出してゐるではないか。しかしもと〳〵此方に無理があるのだし、一日も早く出て貰ひたいと思つたればこそ、大概なことは聞いてやつたのに、その上リヽーまで連れて行かれて溜《たま》るものか。それで庄造は、いくら塚本が執拗《しつッこ》く云つて来ても、彼一流の婉曲《えんきょく》な口実でやんはり逃げてゐるのであつたが、福子もそれに賛成なのは無論のことで、庄造以上に態度がハッキリしてゐたのである。

「訳を云ひな！　何のこッちや、僕さつぱり見当が付かん。」

さう云ふと庄造は、銚子を自分で引き寄せて、手酌で飲んだ。それから股をぴたッと叩いて、

「蚊遣線香《かやりせんこう》あれへんのんか。」

と、ウロ〳〵その辺を見廻しながら、半分ひとりごとのやうに云つた。あたりが薄暗くなつたので、つい鼻の先の板塀の裾から、蚊がワン〳〵云つて縁側の方へ群がつて来る。少し食ひ過ぎたと云ふ恰好でチャブ台の下にうづくまつてゐたリヽーは、自分のことが問題になり出した頃こそ〳〵と庭へ下りて、塀の下をくゞつて、何処かへ行つてしまつたのが、まるで遠慮でもしたやうで可笑《おか》しかつたが、鱈《たら》ふく御馳走になつた後では、いつでも一遍すうつと姿を消すのであつた。

福子は黙つて台所へ立つて行つて、渦巻の線香を捜して来ると、それに火をつけてチャブ台の下へ入れてやつた。そして、

「あんた、あの鯵、みんな猫に食べさせなはつたやろ？　自分が食べたのん二つか三つよ

りあれしまへんやろ？」

と、今度は調子を和《やわら》げて云ひ出した。

「そんなこと僕、覚えてエへん。」

「わてちやんと数へてゝん。そのお皿の上に最初十三匹あつてんけど、リヽーが十四食べてしもて、あんたが食べたのん三匹やないか。」

「それが悪かつたのんかいな。」

「何で悪い云ふこと、分つてなはんのんか。なあ、よう考へて御覧。わて猫みたいなもん相手にして焼餅《やきもち》焼くのんと違ひまつせ。けど、鯵の二杯酢わては嫌ひや云ふのんに、僕好きやよつてに拵《こしら》へてほしい云ひなはつたやろ。そない云うといて、自分ちよつとも食べんとおいといてからに、猫にばつかり遣《や》つてしもて、………」

彼女の云ふのは、かうなのである。——

阪神電車の沿線にある町々、西宮《にしのみや》、蘆屋《あしや》、魚崎《うおざき》、住吉《すみよし》あたりでは、地元《じもと》の浜で獲《と》れる鯵や鰯《いわし》を、「鯵の取れ〳〵」「鰯の取れ〳〵」と呼びながら大概毎日売りに来る。「取れ〳〵」とは「取りたて」と云ふ義で、値段は一杯十銭から十五銭ぐらゐ、それで三四人の家族のお数《かず》になるところから、よく売れると見えて一日に何人も来ることがある。が、鯵も鰯も夏の間は長さ一寸《いっすん》ぐらゐのもので、秋口《あきぐち》になるほど追ひ〳〵寸が伸びるのであるが、小さいうちは塩焼にもフライにも都合が悪いので、素焼きにして二杯酢に漬け、生姜《しょうが》を刻んだのをかけて、骨ごと食べるより仕方がない。ところが福子は、その二杯酢が嫌ひだと云つて此の間から反対してゐた。彼女はもつと温かい脂《あぶら》ツこいものが好きなので、こんな冷めたいモソモソしたものを食べさせられては悲しくなると、彼女らしい贅沢《ぜいたく》を云ふと、庄造は又、お前はお前で好きなものを拵へたらよい、僕は小鰺が食べたいから自分で料理すると云つて、「取れ〳〵」が通ると勝手に呼び込んで買ふのである。福子は庄造と従兄弟《いとこ》同士で、嫁に来た事情が事情だから、姑《しゆうとめ》には気がねが要《い》らなかつたし、来た明くる日から我《わ》儘《まま》一杯に振舞つてゐたけれど、まさか亭主が庖丁《ほうちよう》を持つのを見てゐる訳に行かないから、結局自分がその二杯酢を拵へて、いや〳〵ながら一緒にたべることになつてしまふ。おまけにそれが、もう此処のところ五六日も続いてゐるのであるが、二三日前にふと気が付いたことゝと云ふのは、女房の不平を犯してまでも食膳に上《のぼ》せる程のものを、庄造は自分で食べることか、リヽーにばかり与へてゐる。それでだん〳〵考へて見たら、成《な》る程《ほど》あの鰺は姿が小さくて、骨が柔かで、身をむしつてやる面倒がなくて、値段のわりに数がある、それに冷めたい料理であるから、毎晩あんな風にして猫に食はせるには最も適してゐる訳で、つまり庄造が好きだと云ふのは、猫が好きだと云ふことなのである。此処の家では、亭主が女房の好き嫌ひを無視して、猫を中心に晩のお数をきめてゐたのだ。そして亭主のためと思つて辛抱してゐた女房は、その実猫のために料理を拵へ、猫のお附き合ひをさせられてゐたのだ。

「そんなことあれへん、僕、いつかて自分が食べよう思うて頼むねんけど、リ、ーの奴があないに執拗《ひつこ》う欲しがるさかいに、ついウカッとして、後から〳〵投げてまうねんが。」

「譃《うそ》云ひなさい、あんた始めからリ、ーに食べささう思うて、好きでもないもん好きや云うてるねんやろ。あんた、わてより猫が大事やねんなあ。」

「ま、ようそんなこと。………」

仰山《ぎようさん》に、吐き出すやうにさう云つたけれど、今の一言ですつかり萎《しお》れた形だつた。

「そんなら、わての方が大事やのん？」

「きまつてるやないか！　阿呆《あほ》らしなつて来るわ、ほんまに！」

「口でばつかりそない云はんと、証拠見せてエな。そやないと、あんたみたいなもん信用せエへん。」

「もう明日から鯵買ふのん止めにせう。な、そしたら文句ないねんやろ。」

「それより何より、リ、ー遣《や》つてしまひなはれ。あの猫ゐんやうになつたら一番え、ねん。」

まさか本気で云ふのではないだらうけれど、タカを括《くく》り過《す》ぎて依怙地《えこじ》になられては厄介なので、是非なく庄造は膝頭《ひざがしら》を揃へ、キチンと畏《かしこ》まつてすわり直すと、前屈《まえかが》みに、その膝の上へ両手をつきながら、

「さうかてお前、虐《いじ》められること分つて、あんな所《とこ》へやれるかいな。そんな無慈悲なこと

云ふもんやないで。」

と、哀れツぽく持ちかけて。嘆願するやうな声を出した。

「なあ、頼むさかいに、そない云はんと、……」

「ほれ御覧、やつぱり猫の方が大事なんやないかいな。リ、ーどないぞしてくれへなんだら、わて去《い》なして貰ひまつさ。」

「無茶云ひな！」

「わて、畜生と一緒にされるのん嫌ですよつてにな。」

あんまりムキになつたせゐか、急に涙が込み上げて来たのが、自分にも不意討ちだつたらしく、福子は慌てゝ亭主の方へ背中を向けた。

雪子の名を使つた品子のあの手紙が届いた朝、最初に彼女が感じたのは、こんないたづらをして私達の間へ水を挿《さ》さうとするなんて、何と云ふ嫌な人だらう、誰がその手に乗つてやるもんか、と云ふことだつた。品子の腹は、かう云ふ風に書いてやつたら、結局福子はリ、ーのゐることが心配になつて、此方へ寄越すかも知れない、さうなつたら、それ見たことか、人を笑つたお前さんも猫に焼餅を焼くぢやないか、やつぱりお前さんだつてさう御亭主に大事にされてもゐないのだねえと、手を叩いて嘲《あざけ》つてやらう、そこまで巧く行かないとしても、此の手紙をキツカケに家庭に風波が起るとしたら、それだけでも面白いと、さう思つてゐるに違ひないので、その鼻を明かしてやるのには、いよ〳〵夫婦が仲好く暮すやうにして、こんな手紙などてんで問題にならなかつたと云ふ所を見せてやり、二人が同じやうにリヽーを可愛がつて、とても手放す気がないことをもつとハッキリ知らしてやる、――もうそれに越したことはないのであつた。

だが、生憎《あいにく》なことに此の手紙の来た時期が悪かつた。と云ふのは、ちやうど此の二三日小鯵の二杯酢の一件が福子の胸につかへてゐて、一遍亭主を取つちめてやらうと考へてゐた矢先だつたのである。一体、彼女は庄造が思つてゐるほど猫好きではないのだが、庄造の気持を迎へるためと、品子への面当《つらあ》てと、両方の必要から自然猫好きになつてしまひ、自分もさう思へば人にも思はせてゐたのであつて、それは彼女がまだ此の家へ乗り込まない時分、蔭で姑のおりんなどとグルになつて専《もつぱ》ら品子の追ひ出し策にかゝつてゐる間のことだつた。そんな次第で、此処へ来てからもリヽーを可愛がつてやつて、精々《せいぜい》猫好きで通してゐたのだが、だん〳〵彼女はその一匹の小さい獣の存在を、呪はしく思ふやうになつた。何でも此の猫は西洋種だと云ふことだつたが、以前、此処へお客で遊びに来て膝の上などへ乗せてやると、手触りの工合が柔かで、毛なみと云ひ、顔だちと云ひ、姿と云ひ、ちよつと此の辺には見当らない綺麗な雌猫であつたから、その時はほんたうに愛らしいと思ひ、こんなものを邪魔にするとは品子さんと云ふ人も変つてゐる、やつぱり亭主に嫌はれると、猫にまで僻《ひが》みを持つのか知らんと、面当てゞなくさう感じたものだつたけれど、今度自分が後釜《あとがま》へ直つてみると、自分は品子と同じ扱ひを受ける訳でもなく、大切にされてゐることは分つてゐながら、どうも品子を笑へない気持になつて来るのが不思議であつた。それと云ふのは、庄造の猫好きが普通の猫好きの類《たぐい》ではなくて、度を越えてゐるせゐなのである。実際、可愛がるのもいゝけれども、一匹の魚を（而《しか》も女房の見てゐる前で！）口移しにして、引張り合つたりするなどは、あまり遠慮がなさすぎる。それから晩の御飯の時に割り込んで来られることも、正直のところは愉快でなかつた。夜は姑が気を利かして、自分だけ先に食事を済まして二階へ上つてくれるのだから、福子にしてみればゆつくり水入らずを楽しみたいのに、そこへ猫奴が這入《はい》つて来て亭主を横取りしてしまふ。好いあんばいに今夜は姿が見えないなと思ふと、チヤブ台の脚を開く音、皿小鉢のカチヤンと云ふ音を聞いたら直ぐ何処かゝら帰つて来る。たまに帰らないことがあると、怪《け》しからないのは庄造で、「リ、ー」「リ、ー」と大きな声で呼ぶ。帰つて来る迄は何度でも、二階へ上つたり、裏口へ廻つたり、往来へ出たりして呼び立てる。今に帰るだらうから一杯飲んでいらつしやいと、彼女がお銚子を取り上げても、モヂ〳〵してゐて落ち着いてくれない。さう云ふ場合、彼の頭はリ、ーのことで一杯になつてゐて、女房がどう思ふかなどと、ちよつとも考へてみないらしい。それにもう一つ愉快でないのは、寝る時にも割り込んで来ることである。庄造は今迄猫を三匹飼つたが、蚊帳《かや》をくゞることを知つてゐるのはリ、ーだけだ、全くリ、ーは悧巧だと云ふ。成る程、見てゐると、ぴつたり頭を畳《たたみ》へ擦《す》り付けて、する〳〵と裾《すそ》をくゞり抜けて這入る。そして大概は庄造の布団の側で眠《ねむ》るけれども、寒くなれば布団の上へ乗るやうになり、しまひには枕の方から、蚊帳をくゞるのと同じ要領で夜具の隙間へもぐり込んで来ると云ふ。そんな風だから、此の猫にだけは夫婦の秘密を見られてしまつてゐるのである。

それでも彼女は、今更猫好きの看板を外して嫌ひになり出すキッカケがないのと、「相手はたかが猫だから」と云ふ己惚《うぬぼ》れに引き擦られて、腹の虫を押さへて来たのであつた。あの人はリ、ーを玩具《おもちや》にしてゐるだけなので、ほんたうは私が好きなのである、あの人に取つて天にも地にも懸け換へのないのは私なのだから、変な工合に気を廻したら、自分で自分を安つぽくする道理である。もつと心を大きく持つて、何の罪もない動物を憎むことなんか止めにしようと、さう云ふ風に気を向けかへて、亭主の趣味に歩調を合はせてゐたのだが、もと〳〵怺《こら》へ性《しよう》のない彼女にそんな我慢が長つゞきする筈がなく、少しづゝ不愉快さが増して来て顔に出かゝつてゐたところへ、降つて湧いたのが今度の二杯酢の一件だつた。亭主が猫を喜ばすために、女房の嫌ひなものを食膳に上せる、而も自分が好きなふりをして、女房の手前を繕《つくろ》つてまでも！――――これは明かに、猫と女房とを天秤《てんびん》にかけると猫の方が重い、と云ふことになる。彼女は見ないやうにしてゐた事実をまざ〳〵と鼻先へ突き付けられて、最早《もは》や己惚れの存する余地がなくなつてしまつた。

ありていに云ふと、そこへ品子の手紙が舞ひ込んで来たことは、彼女の焼餅を一層煽《あお》つたやうでもあるが、一面には又、それを爆発の一歩手前で抑制すると云ふ働きをした。品子さへおとなしくしてゐたら、リヽーの介在をもう一日も黙視出来なくなつた彼女は、早速亭主に談判して品子の方へ引き渡させる積《つも》りでゐたのに、あんないたづらをされてみると、素直に註文を聴いてやるのが忌《い》ま〳〵しい。つまり亭主への反感と、品子への反感と、孰方《どちら》の感情で動いたらよいか板挾みになつてしまつたのである。手紙の来たことを亭主に打ち明けて相談すれば、事実はさうでないにも拘はらず品子にケシカケられたやうな形になるのが心外であるから、それは内証にして置いて、孰方が余計憎らしいかと考へると、品子の遣《や》り方も腹が立つけれども、亭主の仕打ちも堪忍《かんにん》がならない。殊《こと》に此の方は毎日眼の前で見てゐるのだから、どうにもムシヤクシヤする訳だし、それに、本当のことを云ふと、「用心しないと貴女も猫に見換へられる」と書いてあつたのが、案外ぐん〳〵と胸にこたへた。まさかそんな馬鹿げたことがとは思ふけれども、リヽーを家庭から追ひ払つてしまひさへすれば、イヤな心配をしないでも済む。たゞさうすると品子に溜飲《りゆういん》を下げさせることになるのが、いかにも残念でたまらないので、その方の意地が昂《こう》じて来ると、猫のことぐらゐ辛抱しても誰があの女の計略なんぞにと、云ふ風になる。――――で、今日の夕方だが、チヤブ台の前にすわる迄は、彼女はさう云ふグル〳〵廻りの状態の置かれて懊《じ》れてゐたのだが、皿の上の鯵が減つて行くのを数へながらいつものいちやつきを眺めてゐると、ついかあツとして亭主の方へ鬱憤《うつぷん》を破裂させてしまつたのである。

しかし最初は嫌がらせにさう云つた迄で、本気でリヽーを追ひ出す積りはなかつたらしいのであるが、へんに問題をコジレさせて退《の》つ引《ぴ》きならないやうにしたのは、庄造の態度が大いに原因してゐるのである。庄造としては、福子が腹を立てたのは至極尤《もつと》もなのであるから、イザコザなしに、あつさり彼女の希望を入れて納得《なつとく》してしまへば一番よかつた。さうして意地を通してさへやつたら、却《かえ》つて後は機嫌が直つて、それには及ばぬと云ふことになつたかも知れないのに、道理のないところへ道理をつけて、逃げを打つた。これは庄造の悪い癖なので、イヤならイヤときつぱり云つてしまふならいゝのだが、なるたけ相手を怒らせないやうに、追ひ詰められるまでは瓢箪鯰《ひようたんなまず》に受け流してゐて、土壇場《どたんば》へ来るとヒョイと寝返る。もう少しで承知しさうな口ぶりを見せて、その実決して「うん」と云はない。気が弱さうで、案外ネチネチした狡《ずる》い人だと云ふ印象を与へる。福子は亭主が、外のことなら彼女の我が儘を通すくせに、此の問題に関する限り、「たかゞ猫なんぞ」と何でもなさゝうに云ひながら、中々同意しないのを見ると、リヽーに対する愛着が想像以上に深いものとしか思へないので、いよ〳〵捨てゝ置けない気がした。

その晩彼女は、蚊帳の中へ這入つてから又始めた。

「ちよつと、あんた！………」

「ちよつと、此方《こつち》向きなさい。」

「あゝ、僕眠たい、もう寝さして。………」

「あかん、さつきの話きめてしまはなんだら、寝させへん。」

「今夜に限つたことあるかいな、明日にして。」

表は四枚の硝子戸《ガラスど》にカーテンを引いてあるだけなので、軒燈《けんとう》のあかりがぼんやり店の奥へ洩れて来て、もや〳〵と物が見える中で、庄造は掛け布団をすつかり剝《は》いで仰向きに臥てゐたが、さう云ふと女房の方へ背中を向けた。

「あんた、そつち向いたらあかん!」

「頼むさかいに寝さしてエな、ゆうべ僕、蚊帳ん中に蚊ア這入つてゝちよつとも寝られへなんでん。」

「そしたら、わての云ふ通りしなはるか。早う寝たいなら、それきめなさい。」

「殺生《せつしよう》やなあ、何をきめるねん。」

「そんな、寝惚《ねぼ》けたふりしたかて、誤麻化《ごまか》されまつかいな。リ、ー遣《や》んなはるのんか執方《どつち》だす? 今はつきり云ふて頂戴。」

「明日、――――明日まで考へさして貰《もら》を。」

さう云つてゐるうちに、早くも心地よさゝうな寝息を立てたが、

「ちよつと!」

と云ふと、福子はムツクリ起き上つて亭主の側にすわり直すと、いやと云ふ程臀《しり》の肉を抓《つね》つた。

「痛い！　何をするねん！」

「あんた、いつかてリ、ーに引つ搔かれて、生傷絶《なまきず》やしたことないのんに、わてが抓つたら痛いのんか。」

「痛！　えゝい、止めんかいな！」

「此れぐらゐ何だんね、猫に搔かすぐらゐやつたら、わてかて体ぢゆう引つ搔いたるわ！」

「痛、痛、痛、………」

庄造は、自分も急に起き直つて防禦《ぼうぎょ》の姿勢を取りながら、続けざまに叫んだ。二階の年寄に聞かせたくないので、大きな声は立てなかつたが、抓るかと思ふと今度は引つ搔く。顔、肩、胸、腕、腿、所嫌はず攻めて来るので、慌てゝ避ける度毎《たびごと》にバタン！　と云ふ地響きが家ぢゆうへ伝はる。

「どないや？」

「もう堪忍、………堪忍！」

「眼エ覚めなはつたか？」

「覚めいでかいな！　あゝ痛、ヒリ〳〵するわ。………」

「そしたら、今のこと返事しなさい、孰方《どっち》だす？」

「あゝ痛、………」

それには答へないで、顔をしかめながら方々をさすつてゐると、

「又だつか、胡麻化《ごまか》したら此れだつせ！」

と、二三本の指でモロに頬つぺたをがりッと行かれたのが、飛び上るほど痛かつたらしく、思はず、

「いたア――」

と泣き声を出したが、途端にﾘ、ーまでがびつくりして、蚊帳の外へ逃げ出して行つた。

「僕、何でこんな目に遭はんならん。」

「ふん、ﾘ、ーのためや思うたら、本望だつしやろが。」

「そんな阿呆らしいこと、まだ云うてるのんか。」

「あんたがはつきりせんうちは、何ぼでも云ひまつせ。――さあ、わてを去《い》なすかﾘ、ー遣《や》んなはるか、孰方だす？」

「誰がお前を去なす云うた？」

「そんならﾘ、ー遣んなはるのんか？」

「そない孰方かにきめんならんこと……」

「あかん、きめて欲しいねん。」

さう云ふと福子は、胸倉《むなぐら》を取つて小突き始めた。

「さあ孰方や、返事しなさい、早う！　早う！」

「何とまあ手荒な、……」

「今夜はどないなことしたかて堪忍《かんにん》せエしまへんで。さあ、早う！　早う！」

「えゝ、もう、ショウがない、リ、ー遣つてしもたるわ。」

「ほんまだつかいな。」

「ほんまや。」

庄造は眼をつぶつて、観念の臍《ほぞ》を固めたと云ふ顔つきをした。

「――その代り、あと一週間待つてくれへんか。なあ、こないに云うたら又怒られるか知れへんけど、なんぼ畜生にしたかて、此処の家に十年もいてたもん、今日云うて今日追ひ出す訳に行くかいな。そやさかいに、心残りのないやうにせめてもう一週間置いてやつて、たんと好きなもん食べさして、出来るだけのことしてやりたいねん。なあ、どないや？　お前かてその間ぐらゐ機嫌直して可愛がつてやりいな。猫は執念深いよつてにな。」

いかにも懸引《かけひき》のない真情らしく、さうしんみりと訴へられてみると、それには反対が出来なかつた。

「そしたら一週間だつせ。」

「分つてる。」

「手エ出しなさい。」

「何や？」

と云つてゐる隙に、素早く指切りをさせられてしまつた。

「お母《かあ》さん」

それから二三日過ぎた夕方、福子が銭湯《せんとう》へ出かけた留守に、店番をしてゐた庄造は奥の間へ声をかけながら這入つて来ると、自分だけの小さなお膳で食事してゐる母親の側へ、モヂ〳〵しながら中腰にかゞんだ。

「お母さん、ちよつと頼みがありまんねん。――――」

毎朝別に炊《た》いてゐる土鍋の御飯の、お粥《かゆ》のやうに柔かいのがすつかり冷えてしまつたのを茶碗に盛つて、塩昆布を載せて食べてゐる母親は、お膳の上へ背を円々と蔽《おお》いかぶさるやうにしてゐた。

「あのなあ、福子が急にリヽー嫌ひや云ひ出してなあ、品子んとこへ遣つてしまへ云ひまんね。………」

「此のあひだ、えらい騒ぎしてたやないか。」

「お母さん知つてなはつたんか。」

「夜中にあんな音さすよつて、わてびつくりして、地震か思うたわ。あれ、そのことでかいな？」

「さうだんが。これ見て御覧、――――」

と、庄造は両腕を突き出して、シャツの袖をまくり上げた。

「これ、そこらぢゆう蚯蚓脹《みみずばれ》や痣《あざ》だらけだ。顔にかて此れ、まだ痕《あと》残つてるやろ。」

「何でそんなことしられたんや？」

「焼餅だんが。――阿呆らしい、猫可愛がり過ぎる云うて焼餅やくもん、何処の国にあるか知らん、気違ひ沙汰や。」

「品子かてよう何の彼《か》んの云うてたやないか。お前みたいに可愛がつたら、誰にしたかて焼餅ぐらゐ起すわいな。」

「ふうん、――」

幼い時から母親に甘える癖がついてゐるのが、此の歳になつてもまだ抜け切れない庄造は、だゞッ児《こ》のやうに鼻の孔《あな》を膨《ふく》らがして、さも面白くなさゝうに云つた。

「――お母さん福子のこと云うたら、味方ばつかりするねんなあ。」

「けどお前、猫であらうと人間であらうと、外のもん可愛がつてゝ、来たばかりの嫁のこと思うてやらなんだら、気ィ悪うするのん当り前やで。」

「そら可笑《おか》しい。僕、いつかて福子のこと思うてまんが。一番大事にしてまんが。」

「さうに違ひないのんやつたら、ちよつとぐらゐの無理聴いてやりいな。わてあの娘《こ》からもその話聞かされてるねんが。」

「それ、いつのことだんね？」

「昨日そない云うてなあ、――リヽーいてたらよう辛抱せんさかい、五六日うちに品子の方へ渡すことに、もうちゃんと約束したある云ふねんけど、ほんまかいな。」

「それや。――――したことはしたけど、そんな約束実行せんかて済むやうに、何とかそこんとこ、あんぢよう云うて貰へんやろか。僕お母さんにそれ頼まう思うてゝん。」

「さうかて、約束通りしてくれなんだら、去なして貰ふ云うてるねんで。」

「威嚇《おどか》しや、そんなこと。」

「威嚇しかも知れんけど、そないまでに云ふもん聴いてやつたらどないや？　又うるさいで、約束違《たが》へたら。――――」

庄造は酸《す》つぱいやうな顔をして、口を尖《とが》らせて俯向《うつむ》いてしまつた。母から云はせて福子を宥《なだ》める目算《もくさん》でゐたのが、すつかり外れてしまつたのである。

「あの娘《こ》あんな気象やよつてに、ほんまに逃げて行くかも知れん。それもえゝけど、嫁を放つといて猫可愛がるやうなとこへ内の娘《むすめ》遣《や》つとけん！　云はれたらどないする？　お前よりわてが困るわいな。」

「そしたら、お母さんもリヽー追ひ出してしまへ云やはりまんのんか。」

「そやさかいにな、兎に角こゝのとこはあの娘《こ》の気持済むやうに、一遍すうッと品子の方へ遣つてしまひィな。そないしといて、えゝ折を見て、機嫌直つた時分に取り戻すこと出来んもんかいな。――――」

そんな、渡してしまつたものを先方が返す筈もなし、受け取る筋でもないことは分つてゐながら、庄造が母親に甘えるやうに、母親も見え透いた気休めを云つて、子供を賺《すか》すやうな風に庄造をあやなす癖があつた。そして彼女は、いつでも結局此の忰《せがれ》を自分の思ひ通りに動かしてゐるのだつた。

もう若い者はセルを着出した頃だのに、袷《あわせ》の上に薄綿の這入つたジンベエを着て、メリヤスの足袋《たび》を穿いてゐる彼女は、小柄で、痩せてゐて、生活力の衰へきつた老婆のやうに見えるけれども、頭の働きは案外確かで、云ふことやすることにソツがないので、「息子よりも婆さんの方がしつかりしてゐる」と、近所ではさう云ふ評判だつた。品子が追ひ出されたのも、実は彼女が糸を操《あやつ》つたからなので、庄造にはまだ未練があつたのだと云ふ人もある。それやこれやで、此の附近では母親を憎む者が多く、一般の同情は品子の方に集まつてゐたが、彼女に云はせると、いくら姑の気に入らない嫁でも、忰が好きなものならば、出る筈もないし出せる訳もない、やつぱりあれは庄造に飽かれたからだと云ふ。なるほどそれもさうだけれども、彼女と福子の父親が手を貸さなければ、庄造一人であの女房をいびり出す勇気はなかつたと云ふのが、間違ひのない事実であつた。

いつたい母親と品子とは、どう云ふものか初めから反《そ》りが合はなかつた。勝気な品子は、落ちどを拾はれないやうに気を附けて、随分姑には勤めてゐたけれども、さう云ふ風に抜け目なく立ち廻つて行かれることが、又母親の癪《しやく》に触《さわ》つた。うちの嫁は何処と云つて悪いところはないやうなもの丶、何だか親身《しんみ》に世話をして貰ふ気になれない、それと云ふのが、心から年寄を労《いた》はつてやらうと云ふ優しい情愛がないからなのだと、母親はよくさう云つたが、つまり嫁も姑も、孰方《どちら》もしつかり者だつたのが不和の原因になつたのである。それでも一年半ばかりの間は、表面だけは無事に治まつてゐたのだつたが、その時分から母親のおりんは嫁が面白くないと云つて、始終今津《いまづ》の兄の所、庄造には伯父に当る中島の家へ泊まりに行つて、二日も三日も帰つて来ないやうになつた。あまり逗留《とうりゆう》が長いので、品子が様子を見に行くと、お前は帰つて庄造を迎ひに寄越せと云ふ。庄造が行くと、伯父や福子までが一緒になつて引き止めて、晩になつても帰してくれない。それには何か魂胆《こんたん》があるらしいことは、庄造もうす〳〵気が付いてゐながら、甲子園の野球だの、海水浴だの、阪神パークだのと、福子に誘はれるまゝに、何処へでもふら〳〵と喰つ着いて行つて、呑《のん》気《き》に遊んでゐるうちに、とう〳〵彼女と妙な仲になつてしまつた。

此の伯父と云ふのは菓子の製造販売をしてゐて、今津の町に小さな工場を持つてゐたばかりでなく、国道沿線に五六軒の家作《かさく》を建てたりして裕福に暮らしてゐたのだつたが、福子のことでは大分《だいぶ》今迄に手を焼いてゐた。母親が早く亡くなつたせゐもあるのだらうが、女学校を二年の途中で止めさせられたか、勝手に止めてしまつたかしてから、さつぱり尻が落ち着かない。家出をしたことも二度ぐらゐあつて、神戸の新聞に素ツ葉抜かれたりしたものだから、縁付けようと思つても中々貰ひ手がなかつたし、自分も窮屈な家庭などへは行きたくない。そんなこんなで、何とか早く身を固めさせなければと、父親が焦《あせ》つてゐる事情に眼を付けたのがおりんであつた。福子は自分の娘のやうなもので、気心はよく分つてゐるから、アラがあることは差支《さしつか》へない、品行《ひんこう》の悪いのは困るけれども、もうそろ〳〵分別が出てもいゝ歳《とし》だから、亭主を持つたらまさか浮気をすることもあるまい、それにそんなことは大した問題でないと云ふのは、此の娘にはあの国道の家作が二軒附いてゐて、そこから上る家賃が六十三円になる。おりんの計算だと、父親がそれを福子の名義に直したのが二年も前のことであるから、その積立が元金だけでも一千五百十二円ある、それだけのものは持参金として持つて来る上に、月々今の六十三円が這入るとすると、それらを銀行へ預けておいたら、十年もすれば一《ひ》と財産出来るので、これが何よりの附けめであつた。

尤《もつと》も彼女は老い先の短かい体であるから慾張つたところで仕方がないが、甲斐性《かいしょう》のない庄造が此の先どうして凌《しの》いで行くつもりか、それを考へると安心して死んで行けないのであつた。何しろ蘆屋の旧国道は、阪急《はんきゅう》の方が開けたり新国道が出来たりしてから、年々さびれつゝあるので、こんなところでいつ迄荒物屋渡世《とせい》をしてゐても思はしい訳はないのだけれど、動くには此の店を売り退《の》かなければならないし、さて売り退いても何処で何を始めようと云ふ成算がない。庄造はそんなことについてひどく呑気に生れついた男で、貧乏を苦にしない代りには、一向商売に身を入れない。十三四の頃、夜学へ通ひながら西宮の銀行の給仕に使はれ、青木《あおぎ》のゴルフ練習場のキャディーにも雇はれ、年頃になつてからはコックの見習を勤めたりしたけれど、何処も長つゞきがしないで怠けてゐるうちに父親が亡くなつて、それから此方《こちら》荒物屋の亭主で納まつてしまつた。ぜんたい店の商売などは母親に任して置いて、兎に角男一匹が何かしら職を求めたらよいのに、国道筋でカフェエを始めたいからと伯父に出資を申し込んで、意見されたことがあつた外には、猫を可愛がることゝ、球《たま》を撞《つ》くことゝ、盆栽《ぼんさい》をいぢくることゝ、安カフェエの女をからかひに行くことぐらゐより、何の仕事も思ひ付かない。さうして今から足かけ四年前、二十六の歳に畳屋の塚本を仲人に立てゝ、山蘆屋の或る邸に奉公してゐた品子を嫁に貰つたのだが、その時分から商売の方がいよ〳〵上つたりになつて、毎月の遣り繰りに骨が折れて来た。親の代から蘆屋に住んでゐるお蔭で、長年《ながねん》の顔があるところから、暫《しば》くは無理が利《き》いたけれども、坪《つぼ》十五銭の地代が二年近くも滞《とゞこお》つて、百二三十円にもなつてゐるのは、どうにも返済の見込みが立たない。で、もう庄造をアテにしないことにきめた品子は、仕立物などを頼まれたりして暮らしの補ひをつけてゐたばかりか、折角お給金を溜めて一通り拵へて来た荷物にさへ手をつけて、僅かの間に減らしてしまつた。そんな訳だから、今更その嫁を追ひ出さうと云ふのは無慈悲な話で、近所の同情が彼女の方へ集まつたのも当然であるが、おりんにしてみれば、背に腹は換へられなかつたし、子種《こだね》のないと云ふことが難癖をつけるのに都合が好かつた。それに福子の父親迄が、さうすれば娘の身が固まるし、甥《おい》の一家を救つてもやれるし、双方のためだと考へたのが、おりんの工作に油を注ぐ結果となつた。

それ故《ゆえ》福子が庄造と出来てしまつたのには、父親やおりんの取り持ちがあつたに違ひないのであるが、一体そんなことがなくとも、庄造は割りに誰にでも好かれるたちであつた。別に美男子なのではないが、幾つになつても子供つぽいところがあつて、気だてが優しいせゐかも知れない。キャディーの時代にはゴルフ場へ来る紳士や夫人たちに可愛がられて、盆暮《ぼんくれ》の附け届を誰よりも余計貰つたし、カフェエなどでも案外持てるので、僅かなお金で長く遊んで来ることを覚えてしまひ、そんなところからのらくらの癖がついたのだつた。が、何にしてもおりんから云へば、自分がいろ〳〵細工をしてやつと我が家へ迎へ入れる迄に漕ぎ付けた、持参金附きの嫁御寮《よめごりよう》であるから、尻の軽い彼女に逃げられないやうに、伜と二人で精々機嫌を取らなければならない訳で、猫のことなどは勿論始めから問題でなかつた。いや、実を云ふと、おりんも内々猫には閉口してゐたのであつた。元来リヽーと云ふ猫は、神戸の洋食屋に住み込んでゐた庄造が帰つて来る時に連れて来たのだが、これがゐるために家の中が汚れること夥《おびただ》しい。庄造に云はせると、此の猫は決して粗匆《そそう》をしない、用をする時は必ずフンシへ這入ると云ふ。いかにもその点は感心だけれど、戸外にゐてもわざ〳〵フンシへ這入るために戻つて来ると云ふ調子なので、フンシが非常に臭くなつて、その悪臭が家中に充満するのである。おまけに臀《しり》の端《はた》へ砂を着けたまゝ歩き廻るので、畳がいつもザラ〳〵になる。雨の日などは臭が一層強く籠《こも》つてむツとするところへ持つて来て、おもてのぬかるみを歩いたまゝで上つて来るから、猫の脚あとが此処彼処《ここかしこ》に点々とする。庄造は又、此の猫は戸でも襖《ふすま》でも障子でも、引き戸でさへあれば人間と同じに開ける、こんな賢いのは珍しいと云ふ。だが畜生の浅ましさには、開けるばかりで締めることを知らないから、寒い時分には通つたあとを一々締めて廻らなければならない。それもいゝけれども、そのために障子は穴だらけ、襖や板戸は爪の痕だらけになる。それから困るのは、生物《なまもの》、煮物、焼物の類をうつかりその辺へ置くことが出来ない。ぼんやりしてゐると直ぐ食べられてしまふので、お膳立てをするほんの僅かな間でも、水屋か蠅帳《はいちよう》へ一応入れて置かなければならない。いや／＼、もつとひどいことは、此の猫は臀の始末はよいが、口の始末が悪くて、とき／″＼嘔吐するのである。それと云ふのは、庄造が例の曲藝に熱中して幾らでも餌を投げてやるので、つい食ひ過ぎるせゐなのであるが、晩飯の後でチヤブ台を除けると、その辺に一杯毛が落ちてゐて、食ひかけの魚の頭だの尻尾だのがたくさん散らばつてゐるのである。

品子が嫁に来る迄は、台所の世話や拭き掃除は一切おりんの役だつたから、リ、ーのためには随分泣かされてゐる訳なのだが、今日まで我慢してゐたのは一つの出来事があつたからだつた。と云ふのは、たしか五六年前に、無理に庄造を説き付けて、一度此の猫を尼ヶ崎の八百屋へ遣つたことがあつたが、やがて一と月もした時分に、或る日ヒヨツコリ蘆屋の家へ独りで帰つて来たのである。犬なら不思議はないけれども、猫が前の主人を慕つて五六里の道を戻つて来るとは、あまりイヂラシイ話なので、それ以来庄造の可愛がりやうは旧に倍したのみならず、おりんも流石《さすが》に不憫《ふびん》を感じたのか、或は多少薄気味悪く思つたのか、もうそれからは何も云はないやうになつた。そして品子が来てからは、福子と同じ理由から、――――と云ふのは嫁をいぢめるために、却つてリヽーの存在が便利を与へることがあるので、やさしい言葉の一つぐらゐは時々かけてやつてゐたのである。だから庄造は、その母親までが突然福子の味方をし出した様子を見ては、心外でたまらないのであつた。

「けど、リヽーやつたら遣《や》つたかて又戻つて来まつせ。なんせ尼ヶ崎からでも戻つて来る猫やさかいにな。」

「ほんになあ、今度はまるきり知らん人やあらへんよつて、そこは何とも分らんけど、戻つて来たら又置いてやつたらえゝがな。ま、兎も角も遣つてみてみいな。――」

「あゝ、どうしよう、困つたなあ。」

庄造は頻りに溜息をついて、まだ何かしら粘《ねば》つてみようとしてゐたが、その時おもてに足音がして、福子が風呂から帰つて来た。

「塚本君、分つてまんなあ？　これ、なるべくそつと持つて行かんと、乱暴に振つたらあきまへんで。猫かて乗物に酔ふさかいになあ。」

「そない何遍も云はんかて、分つてまんが。」

「それから、此れや、」

と、新聞紙にくるんだ、小さな平べつたい包みを出して、

「実はなあ、いよ〳〵これがお別れやさかいに、出がけに何ぞおいしいもん食べさしてやりたい思ひまんねんけど、乗物に乗る前に物食べさしたら、えらい苦しみまんねん。それでなあ、此の猫鶏《かしわ》の肉が好きやよつてに、僕、自分でこれ買《こ》うて来て、水煮《みずだ》きにしときましたさかい、彼方《あっち》へ着いたら直《じ》き食べさしてやるやうに云うとくなはれしまへんか。」

「よろしおます。あんぢよう持つて行きますよつて安心しなはれ。——そんなら、もう用事おまへんか。」

「ま、ちよつと待つとくなはれ。」

さう云ふと庄造は、バスケットの蓋を開けて、もう一度しつかり抱き上げて、

「リヽー」

と云ひながら頬擦りをした。

「お前な、彼方へ行つたらよう云ふこと聴くんやで。彼方のあの人、もう先《せん》みたいにいぢめたりせんと、大事にして可愛がつてくれるさかいに、ちよつとも恐いことないで。えゝか、分つたなあ。——」

抱かれることが嫌ひなリヽーは、あまり強く締められたので脚をバタ〳〵やらしたが、バスケットの中へ戻されると、二三度周囲を突ツついてみたゞけで、とても出られないとあ

きらめたらしく、急に静まり返つてしまつたのが、ひとしほ哀れをそゝるのであつた。庄造は、国道のバスの停留所まで送つて行きたかつたのであるが、今日から当分の間、風呂へ行く以外は一歩も外出してはならぬと、女房から堅く止められてゐるので、バスケットを提げた塚本が出て行つたあと、気抜けがしたやうにぽつねんと店にすわつてゐた。福子が外出を禁じた訳は、リヽーの様子を気遣ふ余りつい ふら〳〵と品子の家の近所ぐらゐまで行くかも知れないからであつたが、事実庄造自身にも、さう云ふ懸念《けねん》がないことはなかつた。そして此の迂闊《うかつ》な夫婦は、猫を渡してしまつてから、始めて品子のほんたうの腹が分りかけて来たのである。

成る程、リヽーを囮《おとり》に己《おれ》を呼び寄せようと云ふ気だつたのか。あの家の近所をうろ〳〵したら、摑《つか》まへて口説き落さうとでも云ふのか。——庄造はそこへ気がついてみると、いよ〳〵品子の陰険さ加減が憎くなつたが、そんな道具に使はれるリヽーの身の上に、一層可哀さが増して来た。唯一の望みは、尼ヶ崎から逃げて帰つて来たやうに、阪急の六甲《ろつこう》にある品子の家から逃げて来はせぬかと云ふことであつた。実は水害の後の仕事で忙しい塚本が、夜《よる》受け取りに来ると云つたのを、朝にして貰つたのも、明るい時に連れて行かれたら道を覚えてゐるであらう、さうしたら逃げて来るのも容易であらうと、そんな心積りがあつたからだが、それにつけても思ひ出されるのは、此の前、尼ヶ崎から戻つて来たあの朝のことだつた。何でもあれは秋の半ば時分であつたが、或る日、やう〳〵夜が明けたばかりの頃、眠つてゐた庄造は「ニヤア」「ニヤア」と云ふ耳馴れた啼き声に眼を覚ました。その時分は独身者の庄造が二階に寝、母親が階下《した》に寝てゐたが、朝が早いのでまだ雨戸が締まつてゐるのに、つい近いところで「ニヤア」「ニヤア」と猫が啼いてゐるのを、夢うつゝのうちに聞いてゐると、どうもリヽーの声のやうに思へて仕方がない。一と月も前に尼ケ崎へ遣つてしまつたものが、まさか今頃こんな所にゐる筈はないが、聞けば聞くほどよく似てゐる。バリ〳〵と裏のトタン屋根を蹈《ふ》む音がして、直ぐ窓の外に来てゐるので、兎に角正体を突き止めようと急いで跳ね起きて、窓の雨戸を開けてみると、つい鼻の先の屋根の上を往つたり来たりしてゐるのが、たいそう窶《やつ》れてはゐるけれどもリヽーに違ひないのであつた。庄造はわが眼を疑ふ如く、

「リヽー」

と呼んだ。するとリヽーは

「ニヤア」

と答へて、あの大きな眼を、さも嬉しげに一杯に開いて見上げながら、彼が立つてゐる肘掛窓の真下まで寄つて来たが、手を伸ばして抱き上げようとすると、体《たい》を躱《かわ》してすうッと二三尺向《じやく》うへ逃げた。しかし決して遠くへは行かないで、

「リヽー」

と呼ばれると、

「ニヤア」

と云ひながら寄つて来る。そこを摑まへようとすると、又する〳〵と手の中を脱けて行つてしまふ。庄造は猫のかう云ふ性質がたまらなく好きなのであつた。わざ〳〵戻つて来るくらゐだから、余程恋ひしかつたのであらうに、そのなつかしい家に着いて、久しぶりで主人の顔を見たのでありながら、抱かうとすれば逃げてしまふ。それは愛情に甘えるしぐさのやうでもあるし、暫く会はなかつたのがキマリが悪くて、羞渋《はにか》んでゐるやうでもある。リ、ーはさう云ふ風にして、呼ばれる度に「ニヤア」と答へつゝ屋根の上をうろ〳〵した。

庄造は、彼女が痩せてゐることは最初から気が付いてゐたけれど、なほよく見ると、一と月前よりは毛の色つやが悪くなつてゐるばかりでなく、頸の周りだの尾の周りだのが泥だらけになつてゐて、ところ〴〵に薄《すすき》の穂などが喰つ着いてゐた。貰はれて行つた八百屋の家も猫好きだと云ふ話であつたから、虐待されてゐた筈はないので、これは明かに、一匹の猫が尼ヶ崎から此処までひとりで辿つて来る道中《どうちゆう》の難儀を語るものだつた。こんな時刻に此処へ着いたのは、昨夜ぢゆう歩きつゞけたのに違ひないけれども、多分一と晩ぐらゐではあるまい、もう幾晩も〳〵、恐らくは数日前に八百屋の家を逃げ出して、方々で道に迷ひながら、やう〳〵此処まで来たのであらう。彼女が人家つゞきの街道を一直線に来たのでないことは、あのすゝきの穂を見ても分る。それにしても、猫は寒がりなものであるのに、朝夕の風はどんなに身に沁《し》みたことであらう。おまけに今は村しぐれの多い季節でもあるから、定めし雨に打たれて叢《くさむら》へもぐり込んだり、犬に追はれて田圃《たんぼ》の中へ隠れたりして、食ふや食はずの道中をつゞけて来たのだ。さう思ふと、早く抱き上げて撫でゝやりたくて、何度も窓から手を出したが、そのうちにリヽーの方も、羞渋みながらだん〳〵体を擦り着けて来て、主人の為《な》すが儘《まま》に任せた。

その時のリヽーは、一週間ほど前から尼ヶ崎の方で姿を見なくなつてゐたことが、後に問ひ合はせて知れたのであつたが、今も庄造は、あの朝の啼《な》きごゑと顔つきとを忘れることが出来ないのである。そればかりでなく、此の猫についてはまだ此の外にも数々の逸話があつて、あの時はあんな顔をした、あんな声を出したと云ふ記憶が、いろ〳〵の場合に残つてゐるのである。たとへば庄造は、初めて此の猫を神戸から連れて来た日のことをはつきりと思ひ出すのであるが、それは最後に奉公をしてゐた神港軒から暇を貰つて蘆屋へ帰つた時であるから、彼がちやうど二十歳《はたち》の年、つまり父親が亡くなつた年の、四十九日の頃だつた。その前彼は、三毛猫を一度、それが死んでからは「クロ」と呼んでゐた真つ黒な雄猫を、コック場で飼つてゐたのであるが、そこへ出入の肉屋から、欧洲種の可愛らしいのがゐるからと云つて、生後三ヶ月ばかりになる雌の仔猫を貰つたのが、リヽーだつたのである。それで暇を貰ふ時にもクロはコック場へ置いて来てしまつたが、仔猫の方は手放すのが惜しくて、行李《こうり》と一緒に或る商店のリヤカーの隅へ積んで貰つて、蘆屋の家へ運んだのであつた。

肉屋の主人の話だと、英吉利人《イギリスじん》はかう云ふ毛並みの猫のことを鼈甲猫《べつこうねこ》と云ふさうであるが、茶色の全身に鮮明な黒の斑点が行き亙《わた》つてゐて、つや〳〵と光つてゐるところは、成る程研いた鼈甲の表面に似てゐる。何にしても庄造は、今日までこんな毛並みの立派な、愛らしい猫を飼つたことがなかつた。ぜんたい欧洲種の猫は、肩の線が日本猫のやうに怒《いか》つてゐないので、撫《な》で肩《がた》の美人を見るやうな、すつきりとした、イキな感じがするのである。顔も日本種の猫だと一般に寸が長くつて、眼の下あたりに凹《くぼ》みがあつたり、頰の骨が飛び出てゐたりするけれども、リヽーの顔は丈が短かく詰まつてゐて、ちやうど蛤《はまぐり》を倒《さかさ》まにした形の、カツキリとした輪郭の中に、すぐれて大きな美しい金眼《きんめ》と、神経質にヒク〳〵蠢《うご》めく鼻が附いてゐた。だが庄造が此の仔猫に惹き附けられたのは、さう云ふ毛なみや顔だちや体つきのためではなかつた。もしも外形だけで云ふなら、庄造だつてもつと美しい波斯《ぺるしや》猫だの暹羅《しやむ》猫だのを知つてゐるが、でも此のリヽーは性質が実に愛らしかつた。蘆屋へ連れて来た当座は、まだほんたうに小さくて、掌《てのひら》の上へ乗る程であつたが、そのお転婆でやんちやなことは、とんと七つか八つの少女、――いたづら盛りの、小学校一二年生ぐらゐの女の児《こ》と云ふ感じだつた。そして彼女は今よりもずつと身軽で、食事の時に食物を摘まんで頭の上へ翳《かざ》してやると、三四尺の高さまで跳び上つたので、すわつてゐては直ぐ跳び着かれてしまふから、しば〳〵食事の最中に立ち上らねばならなかつた。彼はその時分からあの曲藝を仕込んだのであるが、箸の先に摘まんだ物を、三尺、四尺、五尺、と云ふ風に、跳び着く毎にだん〳〵高くして行くと、しまひには着物の膝へ跳び着いて、胸から肩へすばしツこく這ひ上つて、鼠が梁《はり》を渡るやうに、箸の先まで腕を渡つて行つたりした。或る時などは店のカーテンに跳び着いて、天井の方までクル〳〵と這ひ上つて、端から端へ渡つて行つて、又カーテンに摑まつて降りて来る、――――そんな動作を水車のやうに繰り返した。それに、さう云ふ幼い時から非常に表情が鮮やかで、眼や、口元や、小鼻の運動や、息づかひなどで心持の変化をあらはすことは、人間と少しも違はなかつた。就中《なかんずく》そのぱつちりした大きな眼球は、いつも生き〳〵とよく動いて、甘える時、いたづらをする時、物に狙ひを付ける時、どんな時でも愛くるしさを失はなかつたが、一番可笑《おか》しいのは怒る時で、小さい体をしてゐる癖に、やはり猫なみに背を円くして毛を逆立て、尻尾をピンと跳ね上げながら、脚を踏ん張つてぐいつと睨まへる恰好と云つたら、子供が大人の真似をしてゐるやうで、誰でもほゝ笑んでしまふのであつた。

庄造は又、リヽーが始めてお産をした時の、あの訴へるやうなやさしい眼差《まなざし》を、忘れることが出来ないのであつた。それは蘆屋へ連れて来てから半年ほど過ぎた時分であつたが、或る日の朝、産気《さんけ》づいた彼女はしきりにニヤア〳〵云ひながら彼の後を追つて歩くので、サイダの空《あ》き函《ばこ》へ古い座布団《ざぶとん》を敷いたのを押入の奥の方に据ゑて、そこへ抱いて行つてやると、暫くの間は函に這入つてゐるけれども、直きに襖を開けて出て来て、又啼きながら追ひかける。その啼きごゑは今まで彼が聞いたことのない声だつた。「ニヤア」とは云つてゐるのだが、その「ニヤア」の中に、今までの「ニヤア」が含んでゐなかつた異様な意味が籠つてゐた。まあ云つてみれば、「あゝどうしたらいゝでせう、何だか急に体の工合が変なのです、不思議な事が起りさうな予感がします、こんな気持はまだ覚えがありません、ねえ、どうしたと云ふのでせう、心配なことはないのでせうか？」――と、さう云ふやうに聞えるのであつた。でも庄造が、

「心配せんかてえゝねんで。もう直きお前、お母さんになるねんが。……」

と、さう云つて頭を撫でゝやると、前脚を膝へ乗せて来て、縋《すが》り着くやうな様子をして、

「ニヤア」

と云ひながら、彼の言葉を一生懸命理解しようとするかのやうに、眼の球をキヨロ〳〵させた。それからもう一度押入の所へ抱いて行つて、函の中へ入れてやつて、

「えゝか、此処にじつとしてるねんで。出て来たらあかんで。えゝなあ？　分つてるなあ？」

と、しんみり云つて聴かせてから、襖を締めて立たうとすると、「待つて下さい、何卒《どうぞ》そこにゐて下さい」とでも云ふやうに、又

「ニヤア」

と云つて悲しげに啼いた。だから庄造もついその声に絆《ほだ》されて、細目に開けて覗いてみると、行李《こうり》だの風呂敷包みだのいろ〳〵な荷物が積んである押入の、一番奥の突きあたりに

ある函の中から首を出して、

「ニヤア」

と云つては此方を見てゐる。畜生ながらまあ何と云ふ情愛のある眼つきであらうと、その時庄造はさう思つた。全く、不思議のやうだけれども、押入の奥の薄暗い中でギラ〳〵光つてゐるその眼は、最早《もは》やあのいたづらな仔猫の眼ではなくなつて、たつた今の瞬間に、何とも云へない媚《こ》びと、色気《いろけ》と、哀愁とを湛へた、一人前の雌の眼になつてゐたのであつた。彼は人間の女のお産を見たことはないが、もしその女が年の若い美しい人であつたら、きつと此の通りの、恨めしいやうな切ないやうな眼つきをして、夫を呼ぶに違ひないと思つた。彼は幾度も襖を締めて立ち去りかけては、又戻つて来て覗いてみたが、その度毎にリヽーも函から首を出して、子供が「居ない〳〵ばあ」をするやうに此方を見た。

さうしてそれが、もう十年も前のことなのである。而《しか》も品子が嫁に来たのがやう〳〵四年前であるから、それまで六年の間と云ふもの、庄造は蘆屋の家の二階で、母親の外にはたゞ此の猫を相手にしつゝ暮らしたのである。それにつけても猫の性質を知らない者が、猫は犬よりも薄情であるとか、不愛想《ぶあいそう》であるとか、利己主義であるとか云ふのを聞くと、いつも心に思ふのは、自分のやうに長い間猫と二人きりの生活をした経験がなくて、どうして猫の可愛らしさが分るものか、と云ふことだつた。なぜかと云つて、猫と云ふものは皆幾分か羞渋《はにか》みやのところがあるので、第三者が見てゐる前では、決して主人に甘えないのみか、へんに余所々々《よそよそ》しく振舞ふのである。リヽーも母親が見てゐる時は、呼んでも知らんふりをしたり、逃げて行つたりしたけれども、さし向ひになると、呼びもしないのに自分の方から膝へ乗つて来て、お世辞を使つた。彼女はよく、額を庄造の顔にあてヽ、頭ぐるみぐい〳〵と押して来た。さうしながら、あのザラ〳〵した舌の先で、頬だの、頤《あご》だの、鼻の頭だの、口の周りだのを、所嫌はず舐め廻した。夜は必ず庄造の傍に寝て、朝になると起してくれたが、それも顔ぢゆうを舐めて起すのであつた。寒い時分には、掛け布団の襟をくゞつて、枕の方からもぐり込んで来るのであつたが、寝勝手のよい隙間を見付け出す迄は、懐の中へ這入つてみたり、股ぐらの方へ行つてみたり、背中の方へ廻つてみたりして、やう〳〵或る場所に落ち着いても、工合が悪いと又直ぐ姿勢や位置を変へた。結局彼女は、庄造の腕へ頭を乗せ、胸のあたりへ顔を着けて、向ひ合つて寝るのが一番都合がよいらしかつたが、もし庄造が少しでも身動きをすると、勝手が違つて来ると見えて、そのつど体をもぐ〳〵させたり、又別の隙間を捜したりした。だから庄造は、彼女に這入つて来られると、一方の腕を枕に貸してやつたまヽ、なるべく体を動かさないやうに行儀よく寝てゐなければならなかつた。そんな場合に、彼はもう一方の手で、猫の一番喜ぶ場所、あの頸《くび》の部分を撫でヽやると、直ぐにリヽーはゴロ〳〵云ひ出した。そして彼の指に噛み着いたり、爪で引つ掻いたり、涎《よだれ》を垂らしたりしたが、それは彼女が興奮した時のしぐさなのであつた。

さう云へば一度庄造が布団の中で放屁を鳴らすと、その布団の上の裾の方に寝てゐたリ、ーが、びつくりして眼を覚まして、何か奇態な啼き声を出す怪しい奴が隠れてゐるとでも思つたのであらう、さも不審さうな眼をしながら、大急ぎで布団の中を捜し始めたことがあつた。又或る時は、嫌がる彼女を無理に抱き上げようとしたら、手から脱け出て、体を伝はつて降りて行く拍子に、非常に臭い瓦斯《ガス》を洩らしたのが、まともに庄造の顔にかゝつた。たしかその時は食事の後で、今御馳走を食べたばかりの、ハチ切れさうにふくらんだリ、ーのお腹を、偶然庄造が両手でギユッと押さへたのである。そして運悪くも、ちやうど彼女の肛門が彼の顔の真下にあつたので、腸《ちよう》から出る息が一直線に吹き上げたのだが、その臭かつたこと、云つたら、いかな猫好きもその時ばかりは、

「うわッ」

と云つて彼女を床へ放り出した。鼬《いたち》の最後ッ屁と云ふのも恐らくこんな臭さであらうが、全くそれは執拗な臭ひで。一旦鼻の先へこびり着いたら、拭いても洗つても、シャボンでゴシ〳〵擦つても、その日一日ぢゆう抜けないのであつた。

庄造はよく、リ、ーのことで品子といさかひをした時分に、「僕リ、ーとは屁まで嗅《か》ぎ合《お》うた仲や」など、、嫌味《いやみ》めかして云つたものだが、十年の間も一緒に暮らしてゐたとすれば、たとひ一匹の猫であつても、因縁の深いものがあるので、考へやうでは、福子や品子より一層親しいとも云へなくはない。事実品子と連れ添うてゐたのは、足かけ四年と云ふ

けれども正味は二年半ほどであるし、福子も今のところでは、来てからやつと一と月にしかならないのである。さうしてみれば長の年月を共にしてゐたリヽーの方が、いろ〳〵な場合の回想と密接につながつてゐる訳で、つまりリヽーと云ふものは、庄造の過去の一部なのである。だから庄造は、今更《いまさら》手放すのが辛いのは当り前の人情ではないか、それを物好きだの、猫気違ひだのと、何か大変非常識のやうに云はれる理由がないと思ふのであつた。そして福子の迫害と、母親の説教ぐらゐで、脆《もろ》くも腰が挫《くじ》けてしまつて、あの大切な友達をむざ〳〵他人の手へ渡した自分の弱気と腑甲斐《ふがい》なさとが、恨めしくなつて来るのであつた。何で自分はもつと正直に、男らしく、道理を説いてみなかつたのだらう。何で女房にも母親にも、もつと〳〵剛情を張り通さなかつたのであらう。さうしたところで最後には矢張《やはり》負かされて、同じ結果を見たかも知れぬが、でもそれだけの反抗もせずにしまつたのでは、リヽーに対して如何にも義理が済まないのであつた。

もしもリヽーが、あの尼ケ崎へ遣つた時代にあれきり戻つて来なかつたとしたら?――あの時だつたら、彼も一旦《いつたん》同意を与へて他家へ譲つたのであるから、きれいにあきらめもしたであらう。だがあの朝、トタン屋根の上で啼いてゐたのをやつと摑まへて、頬ずりをしながら抱き締めた瞬間に、あゝ、不憫なことをした、己は残酷な主人だつた、もうどんなことがあつても誰にもやるものか、死ぬまで此処に置いてやるのだと、心に誓つたばかりでなく、リヽーとも堅い約束をした気持だつた。それを今度、又あんな風にして追ひ出してしまつたかと思ふと、非常に薄情な、むごいことをしたと云ふ感じが胸に迫つて来るのであつた。その上可哀さうなのは、此の二三年めつきり歳を取り出して、体のこなしや、眼の表情や、毛の色つやなどに、老衰のさまがあり〳〵と見えてゐたのである。全く、それもその筈で、庄造が彼女をリヤカーへ乗せて此処へ連れて来た時は、彼自身がまだ二十歳《はたち》の青年だつたのに、もう来年は三十に手が届くのである。まして猫の寿命から云へば、十年と云ふ歳月は、多分人間の五六十年に当るであらう。それを思へば、もう一と頃の元気がないのも道理であるとは云ふものの、カーテンの頂辺《てつぺん》へ登つて行つて綱渡りのやうな軽業《かるわざ》をした仔猫の動作が、つい昨日のことのやうに眼に残つてゐる庄造は、腰のあたりがゲツソリと痩せて、俯向《うつむ》き加減に首をチヨコ〳〵振りながら歩く今日此の頃のリ、ーを見ると、諸行《しよぎよう》無《む》常《じよう》の理《ことわり》を手近《てぢか》に示された心地がして、云ふに云はれず悲しくなつて来るのであつた。

彼女がいかに衰へたかと云ふことを証明する事実はいくらもあるが、たとへば跳び上り方が下手になつたのもその一つの例なのである。仔猫の時分には、実際庄造の身の丈ぐらゐ迄は鮮やかに跳んで、過《あやま》たずに餌《えさ》を捉へた。又必ずしも食事の時に限らないで、いつ、どんな物を見せびらかしても、直ぐ跳び上つた。ところが歳を取る毎に跳び上る度数が少くなり、高さが低くなつて行つて、もう近頃では、空腹な時に何か食物を見せられると、それが自分の好物であるか否かをたしかめた上で、始めて跳び上るのであるが、それでも頭上一尺ぐらゐの低さにしなければ駄目なのである。もしもそれより高くすると、もう跳ぶことをあきらめて、庄造の体を登つて行くか、それだけの気力もない時は、たゞ食べたさうに鼻をヒクヒクさせながら、あの特有な哀れつぽい眼で彼の顔を見上げるのである。「もし、どうか私を可哀さうだと思つて下さい。実はお腹がたまらないほど減つてゐるので、あの餌に跳び着きたいのですが、何を云ふにも此の歳になつて、とても昔のやうな真似は出来なくなりました。もし、お願ひです、そんな罪なことをしないで、早くあれを投げて下さい。」――と、主人の弱気な性質をすつかり呑み込んでゐるかのやうに、眼に物を云はせて訴へるのだが、品子が悲しさうな眼つきをしてもそんなに胸を打たれないのに、どう云ふものかリヽーの眼つきには不思議な傷ましさを覚えるのであつた。

仔猫の時にはあんなに快活に、愛くるしかつた彼女の眼が、いつからさう云ふ悲しげな色を浮かべるやうになつたかと云ふと、それがやつぱりあの初産の時からなのである。あの、押入の奥のサイダの函から首を出して術《すべ》なさゝうに見てゐた時、――あの時から彼女の眼差に哀愁の影が宿り始めて、そのゝち老衰が加はるほどだん／＼濃くなつて来たのである。それで庄造は、とき／″＼リヽーの眼を視詰めながら、悧巧だと云つても小さい獣に過ぎないものが、どうしてこんな意味ありげな眼をしてゐるのか、何かほんたうに悲しいことを考へてゐるのだらうかと、思ふ折があつた。前に飼つてゐた三毛だのクロだのは、もつと馬鹿だつたせゐかも知れぬが、こんな悲しい眼をしたことは一度もない。さうかと云つて、リヽーは格別陰鬱な性質だと云ふのでもない。幼い頃は至つてお転婆だつたのだし、親猫になつてからだつて、相当に喧嘩も強かつたし、活潑に暴れる方であつた。たゞ庄造に甘えかゝつたり、退屈さうな顔をして日向ぼつこなどをしてゐる時に、その眼が深い憂ひに充《み》ちて、涙さへ浮かめてゐるかのやうに、潤《うるお》ひを帯びて来ることがあつた。尤《もつと》もそれも、その時分にはなまめかしさの感じの方が強かつたのだが、年を取るに従つて、ぱつちりしてゐた瞳も曇り、眼のふちには眼脂《めやに》が溜つて、見るもトゲ〳〵しい、露《あら》はな哀傷を示すやうになつたのである。で、これは事に依ると、彼女の本来の眼つきではなくて、その生ひ立ちや環境の空気が感化を与へたのかも知れない、人間だつて苦労をすると顔や性質が変るのだから、猫でもそのくらゐなことがないとは云へぬ、――と、さう考へると、尚更《なおさら》庄造はリヽーに済まない気がするのである。それと云ふのは、今迄十年の間と云ふもの、成る程随分可愛がつてはやつたけれども、いつでもたつた二人ぎりの、淋しい心細い生活ばかり味《あじわ》はせて来たのであつた。何しろ彼女が連れて来られたのは、母親と庄造と、親一人子一人の時代だつたから、とても神港軒のコック場のやうに賑やかではなかつた。そこへ持つて来て母親が彼女をうるさがるので、悴と猫とは二階でしんみり暮らさなければならなかつた。さう云ふ風にして六年の歳月を送つた後に、品子が嫁に来たのであるが、それは結局、此の新しい侵入者から邪魔者扱ひされることになつて、一層リヽーを肩身の狭い者にしてしまつた。

いや、もつと〳〵済まないことをしたと思ふのは、せめて仔猫を置いてやつて、養育させればよかつたのに、仔が生れると成るべく早く貰ひ手を捜して分けてしまひ、一匹も家へ残さない方針を取つたのであつた。そのくせ彼女は実によく生んだ。外の猫が二度お産をする間に、三度お産をした。相手は何処の猫か分らなかつたが、生れた仔猫たちは混血児《あいのこ》で、鼈甲猫の俤《おもかげ》を幾分か備へてゐるものだから、割合に希望者が多かつたけれども、時にはそうつと海岸へ持つて行つたり、蘆屋川の堤防の松の木蔭などへ捨てゝ来たりした。これは母親への気がねのためであることは云ふ迄もないが、庄造自身も、リヽーが早く老衰するのは、一つは多産のせゐかも知れぬ、だから姙娠を止めることが出来ないなら、乳を飲ませることだけでも控へさせた方がよいと、さう云ふ頭で取り計らひもしたのであつた。実際彼女は、お産の度毎に眼に見えて老けて行つた。庄造は、彼女がカンガルーのやうに腹を膨らして、切なげな眼つきをしてゐるのを見ると、

「阿呆やなあ、そないに何遍も腹ぼてになつたら、お婆さんになるばかりやないか。」

と、いつも不憫さうな口調で云つた。雄なら去勢して上げるが、雌では手術しにくいと云はれて、

「そんなら、エツキス光線かけとくなはれしまへんか。」

と、さう云つて獣医に笑はれたこともあつた。だが庄造にしてみれば、それやこれやも彼女のためを思つてのことで、無慈悲な扱ひをした積りではなかつたのだが、何と云つても、

身の周りから血族を奪つてしまつたことは、彼女をへんにうら淋しい、影の薄いものにしたことは否《いな》まれなかつた。

さう云ふ風に数へて行くと、彼は随分リヽーに「苦労」をかけたと云ふ気がするのである。彼の方が彼女のお蔭で慰められてゐるわりに、リヽーの方は一向楽をしてゐないやうに思へるのである。殊《こと》に最近の一二年、夫婦の不和と生計の困難とで始終家の中がゴタ〳〵してゐた間、リヽーもそれに捲き込まれて、どうしたらよいか身の置きどころがないやうに狼狽《うろた》へてゐたことがあつた。母親が今津の福子の家から迎ひを寄越して、庄造に呼び出しをかけたりすると、品子より先にリヽーが彼の裾へ縋つて、あの悲しい眼で引き止めたりした。それでも振り切つて出て行くと、犬のやうに後を追ひかけて、一丁も二丁も附いて来た。だから庄造も、品子のことよりは彼女のことが心配になつて、なるべく早く帰るやうにしたのであつたが、二日も三日も泊まつて来た時などは、気のせいかも知れぬが、その眼の色に又一段と暗い影が添はつてゐた。

もう此の猫も余命幾何《いくばく》もないのではないか、――――と、此の頃になつて彼はしば〳〵そんな予感を覚えるにつけ、さう云ふ夢を見たことも一度や二度ではないのであつた。その夢の中の庄造は、親兄弟に死に別れでもしたやうな悲嘆に沈み、涙で顔を濡らしてゐるのだが、もしほんたうにリヽーの死に遭ふことがあつたら、彼の嘆き方は夢の中のそれにも劣らないやうな気がするのである。で、そんな工合にそれからそれへと考へ始めると、彼女をおめ〳〵譲つてしまつたことが、又もう一度口惜しく、情なく、腹立たしくなつて来るのであつた。そして彼女のあの眼つきが、何処かの隅から恨めしさうに此方を見てゐるやうに思へて仕方がなかつた。今更悔んでも追つ付かないことだけれども、あんなに老衰してゐたものを、なぜむごたらしく追ひ遣つてしまつたのだらう。なぜ此の家で死なしてやらなかつたのだらう。………

「あんた、何で品子さんあの猫欲しがつてたのんか、その訳分つてなはるか。――」

その日の夕方、例になくひつそりとしたチャブ台に向つて、しよんぼり杯のふちを舐めてゐる亭主を見ながら、福子が照れ臭さうな調子で云ふと、

「さあ、何でやろ。」

と、庄造はちよつと空惚《そらとぼ》けた。

「リ、ー自分のとこへ置いといたら、きつとあんたが会ひに来るやろ云ふところやねん。なあ、さうだつしやろが。」

「まさか、そんな阿呆らしいこと、………」

「きつとさうに違ひないねん。わて今日やつと気ィ付いたわ。あんたその手に乗らんやうにしとくなはれや。」

「分つてる、誰が乗るかいな。」

「きつとやなあ？」

「ふふ」

と庄造は鼻の先で笑つて、

「念押すまでもないこッちやないか。」

と、又杯のふちを舐めた。


今日は忙しおますさかいに、もう上らんと帰りますわと、玄関先にバスケットを置いて、塚本が出て行つてしまつてから、品子はそれを提げたまゝ狭い急な段梯子を上つて、自分の部屋に当てられた二階の四畳半に這入つて行つた。そして、出入口の襖だのガラス障子だのをすつかり締め切つてしまつてから、バスケットを部屋のまん中に据ゑて、蓋を開けた。


奇妙な事に、リ、ーは窮屈な籠の中から直ぐには外へ出ようとせずに、不思議さうに首だけ伸ばして暫《しばら》く室内を見廻してゐた。それから漸《ようや》く、ゆる〳〵とした足どりで出て来て、から云ふ場合に多くの猫がするやうに、鼻をヒクつかせながら部屋ぢゆうの匂を嗅ぎ始めた。品子は二三度、

「リ、ー」

と呼んでみたけれども、彼女の方へはチラリとそつけない流眄《ながしめ》を与へたきりで、先《ま》づ出入口と押入の閾際《しきいぎわ》へ行つて匂を嗅いで見、次ぎには窓の所へ行つてガラス障子を一枚づゝ

嗅いで見、針箱、座布団、物差、縫ひかけの衣類など、その辺にあるものを一々丹念に嗅いで廻つた。品子はさつき、鶏肉の新聞包を預かつたことを思ひ出して、その包のまゝ通り路へ置いてみたけれども、それには興味を感じないらしく、ちよつと嗅いたゞけで、振り向きもしない。そして、バサリ、バサリ、………と、畳の上に無気味な足音をさせながら、一と通り室内捜索をしてしまふと、もう一遍出入口の襖の前へ戻つて来て、前脚をかけて開けようとするので、

「リヽーや、お前けふからわての猫になつたんやで。もう何処へも行つたらあかんねんで。」

と、さう云つてそこに立ち塞がると、又仕方なくバサリ、バサリと歩き廻つて、今度は北側の窓際へ行き、恰好な所に置いてあつた小裂箱《こぎればこ》の上に上つて、背伸びをしながらガラス障子の外を眺めた。

九月も昨日でおしまひになつて、もうほんたうの秋らしく晴れた朝であつたが、少し寒いくらゐの風が立つて、裏の空地に聳えてゐる五六本のポプラーの葉が白くチラ〳〵顫《ふる》へてゐる向うに、摩耶山《まやさん》と六甲の頂が見える。人家がもつと建て込んでゐる蘆屋の二階の景色とは、大分様子が違ふのだけれども、リヽーはいつたいどんな気持で見てゐるのだらうか。品子は図らずも、よく此の猫と二人きりで置き去りにされたことがあつたのを思ひ出した。庄造も、母親も、今津へ出かけたきり帰らないので、一人ぼつちでお茶漬を掻つ込んでゐると、その音を聞いてリヽーが寄つて来る。あゝ、さうだつた、御飯をやるのを忘れてゐたが、お腹が減つてゐるのだらうと、さすがに可哀さうになつて、残飯の上に出し雑魚《じやこ》を載せてやると、贅沢な食事に馴れてゐるせゐか嬉しさうな顔もしないで、ほんの申訳ぐらゐしか食べないものだから、つい腹が立つて、折角の愛情も消し飛んでしまふ。夜は夫の寝床を敷いて、帰るかどうか分らない人を待ち侘《わ》びてゐると、その寝床の上へ遠慮会釈《えしやく》もなく乗つて来て、のう〳〵と脚を伸ばす憎らしさに、寝かけたところを叩き起して追ひ立てゝやる。そんな工合に、随分此の猫には当り散らしたものだけれども、再びかうして一緒に暮すやうになつたのは、やつぱり因縁と云ふのであらう。品子は自分が蘆屋の家を追ひ出されて来て、始めて此の二階に落ち着いた時にも、あの北側の窓から山の方を眺めながら、夫恋ひしさの思ひに駈られたことがあるので、今のリ、ーがあゝして外を見てゐる心持もぼんやり分るやうな気がして、ふと眼頭が熱くなつて来るのであつた。

「リ、ーや、さ、此方へ来て、これ食べなさい。——」

やがて彼女は、押入の襖を開けて、かねて用意をしておいたものを取り出しながら云ふのであつた。彼女は昨日塚本の端書《はがき》を受け取つたので、いよ／＼此処へ連れて来られる珍客を歓待《かんたい》するために、今朝はいつもより早起きをして、牧場から牛乳を買つて来るやら、皿やお椀を揃へておくやら、——此の珍客にはフンシが必要だと気が付いて、昨夜慌てゝ炮烙《ほうらく》を買ひに行つたのはいゝが、砂がないのには困つてしまつて、五六丁先の普請場《ふしんば》から、コンクリートに使ふ砂を闇にまぎれて盗んで来るやらして、そんなものまで押入の中にこつそり忍ばせて置いたのである。で、その牛乳と、花鰹節《はながつお》をふりかけた御飯のお皿と、剝げちよろけの、縁《ふち》のかけたお椀《わん》を取り出すと、罎《びん》の牛乳をお椀へ移して、部屋のまん中へ新聞紙をひろげた。それからお土産の包を開いて、水煮《みずだ》きにしてある鶏《かしわ》の肉を、筍《たけ》の皮ぐるみそれらの御馳走と一緒に並べた。そして「リ、ーや、リ、ーや」とつゞけさまに呼びながら、皿と罎とをカチャ／＼打ちつけてみたりしたけれども、リ、ーはてんで聞えないふりをして、まだ窓ガラスにしがみ着いてゐるのであつた。

「リ、ーや」

と、彼女は躍起《やっき》になつて呼んだ。

「お前、何でしない表《おもて》ばかり見てんのん？　お腹すいてエへんのんか？」

さつきの塚本の話では、乗物に酔ふといけないと云ふ庄造の心づかひから、今朝は朝飯を与へてゐないのださうであるから、余程空腹を訴へなければならない筈で、本来ならば皿小鉢の鳴る音を聞いたら忽ち飛んで来るところだのに、今はその音も耳に這入らず、ひもじいことも感じないくらゐ、此処を逃れたい一念に駆られてゐるのであらうか。彼女は嘗て此の猫が尼ヶ崎から戻つて来た一件を聞かされてゐるので、当分の間は眼が放されないことであらうと、覚悟してゐたものゝ、でも食べものを食べてくれて、フンシへ小便を垂れるやうになつてくれたら大丈夫だと、それを頼みにしてゐたのだが、来る匆々《そうそう》からこんな調子では、直ぐにも逃げられてしまひさうに思へた。そして動物を手なづけるには、自分のやうに性急《せつかち》にしてはいけないのだと知りながら、何とかして食べるところを見届けたさに、無理に窓際から引き離して、部屋のまん中へ抱いて来て、食べものゝ上へ順々に鼻を押しつけてやると、リ、ーは脚をバタ〳〵やらして、爪を立てたり引つ掻いたりするので、仕方がなしに放してしまふと、又窓際へ戻つて行つて、小裂箱《こぎればこ》の上へ登る。

「リ、ーや、これ、これ、これを見て御覧。こゝにお前のいつち好きなもんあるのんに、これが分らんかいな。」

と、此方も依怙地《えこじ》に追ひかけて行つて、鶏の肉だの牛乳だのを執拗《しつツこ》く持ち廻りながら、鼻の先へ擦《こす》り着けるやうにしてやつても、今日ばかりはその好物の匂にも釣られなかつた。これが全く見も知らぬ人に預けられたと云ふのではなし、兎も角も足かけ四年の間同じ屋根の下に住み、同じ竈《かまど》の御飯をたべて、時にはたつた二人ぎりで三日も四日も留守番をさせられた仲であるのに、あんまり無愛想過ぎるではないか。それとも私にいぢめられたことを今も根に持つてゐるのだとすれば、畜生の癖に生意気なと、つい腹も立つて来るのであつたが、こゝで此の猫に逃げられてしまつたら、折角の計劃《けいかく》が水の泡になつた上、蘆屋の方でそれ見たことかと手を叩いて笑ふであらう、もう此の上は根較《こんくら》べをして、気が折れて来るのを待つより外に仕方がない、なあに、あゝして食ひ物とフンシとを眼の前に当てがつておきさへすれば、いくら剛情を張つたつて、しまひにはお腹が減つて来るから食はずにゐられないであらうし、小便だつて垂れるであらう、そんなことより今日は私は忙しいのだ、是非晩までにと請け合つた仕事があつたのに、朝から何一つ手を付けてゐないのだつたと、やう〳〵彼女は思ひ返して、針箱の傍にすわつた。そして男物の銘仙の綿入を、それからせッせと縫ひにかゝつたが、ものゝ一時間もさうしてゐるうちに、直ぐ又心配になつて来るので、とき〴〵様子に気を付けてゐると、やがてリヽーは部屋の隅ッこの方へ行つて、壁にぴつたり寄り添うてうづくまつたまゝ、身動き一つしないやうになつてしまつた。それは全く、畜生ながらも逃れる道のないことを悟つて、観念の眼を閉ぢたとでも云ふのであらうか。人間だつたら、大きな悲しみに鎖《とざ》された余り、あらゆる希望を抛《なげう》つて、死を覚悟したと云ふところでもあらうか。品子は薄気味悪くなつて、生きてゐるかどうかを確かめるために、そうつと傍へ寄つて行つて、抱き起して見、呼吸を調べて見、突き動かして見ると、何をされても抵抗もしない代りに、まるで鮑《あわび》の身のやうに体ぢゆうを引き締めて、固くなつてゐる様が指先に感じられる。まあ、ほんたうに、何と云ふ剛情な猫であらう。こんな工合で、いつになつたら懐《なつ》く時があるであらう。だが事に依《よ》ると、わざとあゝ云ふ風をして、此方の油断を見すましてゐるのではないか。今はあゝして、あきらめたやうにしてゐるけれども、重い板戸をさへ開ける猫であるから、うつかり部屋を留守にしたら、その間にゐなくなつてしまふのではないか。さう思ふと彼女は、他人のことよりも自分自身が、御飯を食べに行くことも厠《かわや》へ立つことも出来ないのであつた。

お午《ひる》になつて、妹の初子が

「姉さん、御飯」

と、段梯子の下から声をかけると、

「はい」

と品子は立ち上りながら、暫く部屋の中をうろ〳〵した。そして結局、メリンスの腰紐を三本つないで、リヽーの肩から腋の下へ、十文字に襷《たすき》をかけて、強く緊め過ぎないやうに、さうかと云つてスツポリ抜けられないやうに、何度も念を入れて締め直して、背中でしつかり結び玉を作つた。それからその紐のもう一方の端を持つて、又ひとしきりうろ〳〵してゐたが、とう〳〵天井から下つてゐる電燈のコードに括《くく》り着けると、やつと安心して階《し》下《た》へ降りた。が、食事の間も気にかゝるので、そこ〳〵にして上つて来てみると、縛られたまゝ矢張隅ッこの方へ行つて、前よりもなほ体をちゞめてゐるではないか。彼女はいつそ、自分がゐない方がいゝのかも知れない、暫くひとりにしておいたら、その間に食べるものは食べ、垂れるものは垂れるかも知れないと、さうも期待してゐたのであつたが、勿論そんな形跡もない。彼女は「チヨッ」と舌打ちをして、今も部屋のまん中に空しく置かれてある御馳走のお皿と、砂が少しも濡れてゐない綺麗なフンシとを恨めしさうに睨みながら、針箱の傍にすわる。かと思ふと、あゝ、さうだつた。あんまり長く縛つておいては可哀さうだと、又立ち上つて、解《ほど》きに行つて、ついでに撫でゝみたり、抱いてみたり、駄目と知りながらも食べものをすゝめてみたり、フンシの位置を換へてみたり、それを幾度か繰り返すうちに日が暮れて来て、夕方の六時頃になると、階《し》下《た》から初子が晩の御飯を知らせるので、又紐を持つて立ち上る。そんな風にして、その日は一日猫のことにかまけて、請け合つた仕事も出来ないまゝに秋の夜長が更けてしまつた。

十一時が鳴ると、品子は部屋を片づけてから、もう一度リ、ーを縛つて、座布団を二枚も敷いた上へ臥かして、御飯と便器とを身近な所へ並べてやつた。それから自分の寝床を伸べ、あかりを消して眠りに就いたが、せめて朝になるまでには、牛乳でも鶏《かしわ》でも何でもいゝから、孰《ど》れか一つぐらゐ食べてゐてくれないだらうか、明日の朝眼を開いた時あのお皿が空になつてゐてくれたら、さうしてフンシが濡れてゐてくれたら、どんなに嬉しいであらうなど〻思ふと、眼が冴えて来て寝られないま〻に、リ、ーの寝息が聞えるか知らんと闇の中で耳を澄ますと、しーんと水を打つたやうで、微かな音もしてゐない。あまり静か過ぎるのが気になつて、枕から首を擡《もた》げると、窓の方は薄ぼんやりと明るいけれども、リ、ーがゐる筈の隅ッこの方は生憎《あいにく》真つ暗で何も見えない。ふと思ひついて、頭の上を手さぐりして、天井から斜《はす》ッかひに引つ張られてゐる紐を摑んで、手繰《たぐ》り寄せると、大丈夫手答へがある。でも念のために電燈を付けて見ると、成る程ゐることはゐるけれども、あの、拗《す》ねたやうにちゞこまつて、円くなつてゐる姿勢が、昼間と少しも変つてゐないし、食べ物もフンシもそつくりそのま〻並んでゐるので、又がつかりして明りを消す。そのうちに漸《ようや》くとろ〳〵としかけて、暫くしてから眼を覚ますと、もういつの間にか夜が明けてゐて、見ればフンシの砂の上に大きな塊が落してあり、牛乳のお皿と御飯のお皿がすつかり平げられてゐるので、しめたと思ふとそれが夢だつたりするのである。

だが、一匹の猫を手なづけるのは、こんなに骨の折れることなのだらうか。それともリ、ーと云ふ猫が特別に剛情なのだらうか。尤《もつと》もこれがまだ頑是《がんぜ》ない仔猫であつたら、訳なく懐《なつ》くのであらうけれども、から云ふ老猫になつて来ると、人間と同じで、習慣や環境の違つた場所へ連れて来られると云ふことが、非常な打撃なのかも知れない。そして遂には、それが原因で死ぬやうなことになるのかも知れない。品子はもと〳〵、腹に一つの目算があつて好きでもない猫を引き取つたので、こんなに手数が懸るものとは知らなかつたが、云はゞ以前は敵同士であつた獣のお蔭で、夜もおち〳〵寝られないほど苦労をさせられる因縁を思ひ合はせると、不思議にも腹が立たないで、猫も可哀さうなら自分も可哀さうだと云ふ気持が湧いて来るのであつた。考へてみれば、自分だつて蘆屋の家を出て来た当座は、此処の二階にひとりでしよんぼりしてゐることが此の上もなく悲しくつて、妹夫婦が見てゐない時は、毎日毎晩泣いてばかりゐたではないか。自分だつて、二日三日は何をする元気もなく、ろく〳〵物も食べなかつたではないか。さうしてみれば、リヽーにしたつて蘆屋が恋ひしいのは当り前だ。庄造さんにあんなに可愛がられてゐたのだものを、そのくらゐな情がなければ恩知らずだ。ましてこんなに年を取つて、住み馴れた家を追はれ、嫌ひな人の所へなんか連れて来られて、どんなに遣《や》る瀬《せ》ないであらう。もしほんたうにリヽーを手なづけようと云ふなら、その心持を察してやり、何よりも安心と信頼を持たせるやうに仕向けなければならない。悲しい感情で胸が一杯になつてゐる時に、無理に御馳走をすゝめたら、誰だつて腹が立つではないか。だのに自分は、「食べるのが嫌なら小便をしろ」と、フンシ迄も突き付けた。あまりと云へば手前勝手な、心なしの遣り方だつた。いや、そのくらゐはまだいゝとして、縛つたのが一番よくなかつた。相手に信頼されたかつたら、先づ此方から信頼してかゝらなければならないのに、あれではます〳〵恐怖心を起させる。いくら猫でも、縛られてゐては食慾も出ないであらうし、小便も詰まつてしまふであらう。

明くる日になると、品子は縛ることを止めにして、逃げられたら逃げられたで仕方がないと、度胸《どきよう》をきめた。そしてとき〴〵、五分か十分ぐらゐの間、試しに独り放つておいて、部屋を留守にしてみると、まだ剛情にちゞこまつてはゐるけれども、いゝ塩梅《あんばい》に逃げ出しさうな風も見えない。それで俄《にわ》かに気を許したことが悪かつたのだが、お午《ひる》の御飯に、今日はゆつくり食べようと思つて、三十分ほど階下《した》へ降りてゐる時だつた、二階で何か、ガサツと云ふ音がしたやうなので、急いで上つて来てみると、襖が五寸ほど開いてゐる。多分リ、ーは、そこから廊下へ出て、南側の、六畳の間を通り抜けて、折悪く開け放しになつてゐたそこの窓から屋根へ飛び出したのであらう、もうその辺には影も形も見えなかつた。

「リ、ーや、………」

彼女はさすがに大きな声で喚《わめ》かうとして、ついその声が出ずにしまつた。あんなに辛苦したかひもなく、やつぱり逃げられたかと思ふと、もう追ひかける気力もなく、何だかホッとして、荷が下りたやうな工合であつた。どうせ自分は動物を馴らすのが下手なのだから、晩《おそ》かれ早かれ逃げられるにきまつてゐるものなら、早く片がついた方がいゝかも知れない。これで却つてサバ〳〵して、今日からは仕事も捗《はかど》るであらうし、夜ものんびり寝られるであらう。それでも彼女は、裏の空地へ出て行つて、雑草の中を彼方此方掻き分けながら、

「リ、ーや、リ、ーや」

と、暫く呼んでみたけれども、今頃こんな所に愚図々々してゐる筈がないことは、分りきつてゐたのであつた。

リ、ーが逃げて行つてから、当日の晩も、その明くる晩も、又その明くる晩も、品子は安心して寝られるどころか、さつぱり眠れないやうになつてしまつた。いつたい彼女は癇性《かんしよう》のせゐか、二十六と云ふ歳《とし》のわりには眼《め》ざとい方で、下女奉公をしてゐた時代から、どうかすると寝られない癖があつたものだが、今度も此の二階に引き移つてから、多分寝所の変つたのが原因であらう、殆《ほと》ど正味三四時間しか寝ない晩が長い間つゞいてゐて、やう〳〵十日ばかり前から少し寝られるやうになりかけた所だつたのである。それがあの晩から、又眠れなくなつたのはどうしてか知らん？　彼女は詰めて仕事をすると、直きに肩が凝つて来たり興奮したりするのであるが、此の間からリ、ーのためにおくれてゐたのを取り返さうとして、余り縫ひ物に熱中し過ぎたせゐか知らん？　それに元来が冷え性なので、まだ十月の初めだと云ふのにそろ〳〵足が冷えて来て、布団へ這入つても容易に温《ぬく》もらないのである。彼女は夫に疎《うと》んぜられたそのそも〳〵のキッカケを、ふと想ひ出して来るのであるが、それも今から考へれば、全く自分の冷え性から起つたことなのであつた。ひどく寝つきのいゝ庄造は、布団へ這入つて五分もすれば眠つてしまふのに、そこへ突然氷のやうな足に触られて、起されてしまふのが溜《たま》らないから、お前はそつちで寝てくれろと云ふ。そんなことからつい別々に寝るやうになつたが、寒い時分には湯たんぽのことでよく喧嘩をした。なぜかと云つて、庄造は彼女と反対に、人一倍上気《のぼ》せ性なのである。分けても足が熱いと云つて、冬でも少し布団の裾へ爪先を出すくらゐにしないと、寝られない男なのである。だから湯たんぽで暖めてある布団へ這入ることを嫌つて、五分と辛抱してゐなかつた。勿論それが不和を醸《かも》した根本の理由ではないけれども、しかしさう云ふ体質の相違がよい口実に使はれて、だん〳〵独り寝の習慣を付けられてしまつたのであつた。彼女は右の首筋から肩の方へしこりが出来て恐しく張つてゐるやうなので、とき〴〵そこを揉んでみたり、寝返りを打つて枕の当るところを換へてみたりした。毎年夏から秋へかけて、陽気の変り目に右の下頤の虫歯が痛んで困るのであるが、昨夜あたりから少しズキ〳〵し出したやうである。さう云へば、此の六甲と云ふ所は、これから冬になつて来ると、毎年六甲颪《おろし》が吹いて、蘆屋などよりずつと寒さが厳しいのであると聞いてゐたけれども、もう此の頃でも夜は相当に冷え込むので、同じ阪神の間でありながら、何だか遠い山国へでも来たやうな気がする。彼女は体を海老のやうにちゞこめて、無感覚になりかけた両方の足を擦り合はした。蘆屋時代には、もう十月の末になると、夫と喧嘩しながらも湯たんぽを入れて寝たのであつたが、こんな工合だと、ことしはそれまで待てないかも知れない。

…………

寝付かれないものとあきらめてしまつて、電燈を付けて、妹から借りた先月号の「主婦之友」を、横向きに臥ながら読み出したのが、ちやうど夜中の一時であつたが、それから間もなく、遠くの方からざあッと云ふ音が近寄つて来て、直きにざあッと通り過ぎて行くのが聞えた。おや、時雨《しぐれ》かな、と思つてゐると、又ざあッとやつて来て、屋根の上を通る時分には、パラ〳〵と疎《まば》らな音を落して、忍び足に消えて行く。暫くすると、又ざあッとやつて来る。それにつけても、リ、ーは今頃何処にゐるか、蘆屋へ帰つてゐるならいゝが、もしさうでもなく、路に迷つてゐるなら、こんな晩には嘸《さぞ》雨に濡れてゐるであらう。実を云ふと、まだ塚本には逃げられたことを知らせてやらないのであるが、あれから此方、ずつとそのことが頭に引つかゝつてゐるのであつた。彼女としては早く知らしてやつた方が行き届いてゐることは分つてゐたのだが、「憚《はばか》りながら、とうに戻つて来てをりますから御安心下すつて結構です、いろ〳〵お手数をかけましたが、もう御入用はありますまいな」と、皮肉交りに云はれさうなのが業腹《ごうはら》で、つい延び〳〵にしてゐたのである。しかし戻つてゐるとしたら、此方の通知を待つ迄もなく、向うからも挨拶がありさうなものだのに、何とも云つて来ないのをみると、何処かにまごついてゐるのであらうか。尼ケ崎の時は、姿が見えなくなつてから一週間目に戻つたと云ふのだが、今度はそんなに遠い所ではないのだし、つい三日前に通つて来たばかりの路なのだから、よもや迷ふことはないであらう。たゞ近頃は耄碌《もうろく》してゐて、あの時分よりはカンも悪く、動作も鈍くなつてゐるから、三日かゝるところが四日かゝるやうなことはあるかも知れない。さうだとしても、おそくも明日か明後日のうちには無事に戻つて行くであらう。するとあの二人がどんな喜びやうをするか。そしてどんなに溜飲を下げるか。きつと塚本さんまでが一緒になつて、「それ見ろ、あれは亭主に捨てられるばかりか、猫にまで捨てられるやうな女だ」と云ふであらう。いや〳〵、階下の妹夫婦もお腹の中ではさう思ふであらうし、世間の人がみんな笑ひ物にするであらう。

その時、しぐれがまた屋根の上をパラ〳〵と通つて行つた後から、窓のガラス障子に、何かがばたんと打《ぶ》つかるやうな音がした。風が出たな、あゝ、イヤなことだ、と、さう思つてゐるうちに、風にしては少し重みのあるやうなものが、つゞいて二度ばかり、ばたん、ばたんと、ガラスを叩いたやうであつたが、かすかに、

「ニヤア」

と云ふ声が、何処かに聞えた。まさか今時分、そんなことが、………と、ぎくツとしながら、気のせゐかも知れぬと耳を澄ますと、矢張、

「ニヤア」

と啼いてゐるのである。そしてそのあとから、あのばたんと云ふ音が聞えて来るのである。

彼女は慌てゝ跳ね起きて、窓のカーテンを開けてみた。と、今度はハツキリ、

「ニヤア」

と云ふのがガラス戸の向うで聞えて、ばたん、………と云ふ音と同時に、黒い物の影がさつと掠《かす》めた。さうか、やつぱりさうだつたのか、――彼女はさすがに、その声には覚えがあつた。此の間こゝの二階にゐた時は、とう〳〵一度も啼かなかつたが、それは確かに、蘆屋時代に聞き馴れた声に違ひなかつた。

急いで挿し込みのネヂを抜いて、窓から半身を乗り出しながら、室内から射す電燈のあかりをたよりに暗い屋根の上を透かしたけれども、一瞬間、何も見えなかつた。想像するに、その窓の外に手すりの附いた張り出しがあるので、リヽーは多分そこへ上つて、啼きながら窓を叩いてゐたのに違ひなく、あのばたんと云ふ音とたつた今見えた黒い影とは正しくそれだつたと思へるのであるが、内側からガラス戸を開けた途端に、何処かへ逃げて行つたのであらうか。

「リ、ーや、………」

と、階下《した》の夫婦を起さないやうに気がねしながら、彼女は闇に声を投げた。瓦が濡れて光つてゐるので、さつきのあれが時雨だつたことは疑ふ余地がないけれども、それがまるで譃《うそ》だつたやうに、空には星がきら〳〵してゐる。眼の前を蔽ふ摩耶山の、幅広な、真つ黒な肩にも、ケーブルカアのあかりは消えてしまつてゐるが、頂上のホテルに灯の燈つてゐるのが見える。彼女は張り出しへ片膝をかけて、屋根の上へノメリ出しながら、もう一度、

「リ、ーや」

と、呼んだ。すると、

「ニヤア」

と云ふ返辞をして、瓦の上を此方へ歩いて来るらしく、燐色《りんいろ》に光る二つの眼の玉がだん〳〵近寄つて来るのである。

「リ、ーや」

「ニヤア」

「リ、ーや」

「ニヤア」

何度も〳〵、彼女が頻繁に呼び続けると、その度毎《たびごと》にリ、ーは返辞をするのであつたが、こんなことは、つひぞ今迄にないことだつた。自分を可愛がつてくれる人と、内心嫌つてゐる人とをよく知つてゐて、庄造が呼べば答へるけれども、品子が呼ぶと知らん顔をしてゐたものだのに、今夜は幾度でも億劫《おつくう》がらずに答へるばかりでなく、次第に媚びを含んだやうな、何とも云へない優しい声を出すのである。そして、あの青く光る瞳を挙げて、体に波を打たせながら手すりの下まで寄つて来ては、又すうつと向うへ行くのである。大方猫にしてみれば、自分が無愛想にしてゐた人に、今日から可愛がつて貰はうと思つて、いくらか今迄の無礼を詫《わ》びる心持も籠めて、あんな声を出してゐるのであらう。すつかり態度を改めて、庇護を仰ぐ気になつたことを、何とかして分つて貰はうと、一生懸命なのであらう。品子は初めて此の獣からそんな優しい返辞をされたのが、子供のやうに嬉しくつて、何度でも呼んでみるのであつたが、抱かうとしてもなか〳〵摑まへられないので、暫くの間、わざと窓際を離れてみると、やがてリ、ーは身を躍らして、ヒラリと部屋へ飛び込んで来た。それから、全く思ひがけないことには、寝床の上にすわつてゐる品子の方へ一直線に歩いて来て、その膝に前脚をかけた。

これはまあ一体どうしたことか、――彼女が呆れてゐるうちに、リ、ーはあの、哀愁に充ちた眼差でじつと彼女を見上げながら、もう胸のあたりへ靠《もた》れかゝつて来て、綿フランネルの寝間着の襟へ、額をぐいぐいと押し付けるので、此方からも頬ずりをしてやると、頤だの、耳だの、口の周りだの、鼻の頭だのを、やたらに舐め廻すのであつた。さう云へば、猫は二人きりになると接吻をしたり、顔をすり寄せたり、全く人間と同じやうな仕方で愛情を示すものだと聞いてゐたのは、これだつたのか、いつも人の見てゐない所で夫がこつそりリ、ーを相手に楽しんでゐたのは、これをされてゐたのだつたか。――彼女は猫に特有な日向臭《ひなたくさ》い毛皮の匂を嗅がされ、ザラ〳〵と皮膚に引つかゝるやうな、痛痒《いたがゆ》い舌ざはりを顔ぢゆうに感じた。そして、突然、たまらなく可愛くなつて来て、

「リ、ーや」

と云ひながら、夢中でぎゆツと抱きすくめると、何か、毛皮のところ〴〵に、冷めたく光るものがあるので、扨《さて》は今の雨に濡れたんだなと、初めて合点が行つたのであつた。

それにしても、蘆屋の方へ帰らないで、此方へ帰つたのはなぜであらう。恐らく最初は蘆屋をめざして逃げ出したのが、途中で路が分らなくなつて、戻つて来たのではないであらうか。僅《わず》か三里か四里のところを、三日もかゝつてうろ〳〵しながら、とう〳〵目的地へ行き着けないで引つ返して来るとは、リヽーにしては余り意気地がないやうだけれども、事に依ると此の可哀さうな獣は、もうそれほどに老衰してゐるのであらう。気だけは昔に変らないつもりで、逃げてみたことはみたものゝ、視力だの、記憶力だの、嗅覚だのと云ふものが、もはや昔の半分もの働きもしてくれないので、どつちの路を、どつちの方角から、どう云ふ風に連れて来られたのか見当が付かず、彼方へ行つては踏み迷ひ、此方へ行つては踏み迷ひして、又もとの場所へ戻つて来る。昔だつたら、一旦かうと思ひ込んだらどんなに路のない所でもガムシヤラに突進したものが、今では自信がなくなつて、様子の知れない所へ分け入ると怖気《おじけ》がついて、ひとりでに足がすくんでしまふ。きつとリヽーは、そんな風にして案外遠くの方までは行くことが出来ず、此の界隈《かいわい》をまご〳〵してゐたのであらう。さうだとすれば、昨日の晩も、一昨日の晩も、夜な〳〵此の二階の窓の近くへ忍び寄つて、入れて貰はうかどうしようかと躊躇《ためら》ひながら、中の様子を窺《うか》がつてゐたのかも知れない。そして今夜も、あの屋根の上の暗い所にうづくまつて長い間考へてゐたのであらうが、室内にあかりが燈つたのと、俄かに雨が降つて来たのとで、急にあゝ云ふ啼き声を出して障子を叩く気になつたのであらう。でもほんたうに、よく帰つて来てくれたものだ。よつぽど辛い目に遭つたればこそであらうけれども、矢張私をアカの他人とは思つてゐない証拠なのだ。それに私も、今夜に限つてこんな時刻に電燈をつけて、雑誌を読んでゐたと云ふのは、虫が知らしたせゐなのだ。いや、考へれば、此の三日間ちよつとも眠れなかつたのも、実はリヽーの帰つて来るのが何となく待たれたからだつたのだ。さう思ふと彼女は、涙が出て来て仕方がないので、

「なあ、リヽーや、もう何処へも行けへんなあ。」

と、さう云ひながら、もう一遍ぎゆつと抱きしめると、珍しいことにリヽーはじつと大人しくして、いつまでも抱かれてゐるのであつたが、その、物も云はずに唯悲しさうな眼つきをしてゐる年老いた猫の胸の中が、今の彼女には不思議なくらゐはつきり見透せるのであつた。

「お前、きつとお腹《なか》減つてるやろけど、今夜はもう遅いよつてにな。——台所捜したら何なとあるやろ思ふけど、ま、仕方ない、此処わての家と違ふよつてに、明日の朝まで待ちなされや。」

彼女は一《ひ》と言《こと》〱に頬ずりをしてから、漸《よう》よう々リヽーを下に置いて、忘れてゐた窓の戸締まりをし、座布団で寝床を拵へてやり、あの時以来まだ押入に突つ込んであつたフンシを出してやりなどすると、リヽーはその間も始終後を追つて歩いて、足もとに絡み着くやうにした。そして少しでも立ち止まると、直ぐその傍へ走り寄つて、首を一方へ傾けながら、

何度も耳の附け根のあたりを擦り着けに来るので、

「えゝ、もうえゝがな、分つてるがな。さ、此処へ来て寝なさい〳〵。」

と、座布団の上へ抱いて来てやつて、大急ぎであかりを消して、やつと彼女は自分の寝床へ這入つたのであつたが、それから一分とたゝないうちに、忽《たちま》ちすうッと枕の近くにあの日向臭《ひなたくさ》い匂がして来て、掛け布団をもく〳〵持ち上げながら、天鵞絨《びろうど》のやうな柔かい毛の物体が這入つて来た。と、ぐいぐい頭からもぐり込んで、脚の方へ降りて行つて、裾のあたりを暫くの間うろ〳〵してから、又上の方へ上つて来て、寝間着のふところへ首を入れたなり動かないやうになつてしまつたが、やがてさも気持の好さゝうな、非常に大きな音を立てゝ咽喉をゴロ〳〵鳴らし始めた。

さう云へば以前、庄造の寝床の中でこんな工合にゴロ〳〵云ふのを、いつも隣で聞かされながら云ひ知れぬ嫉妬を覚えたものだが、今夜は特別にそのゴロ〳〵が大きな声に聞えるのは、よつぽど上機嫌なのであらうか、それとも自分の寝床の中だと、かう云ふ風にひゞくのであらうか。彼女はリヽーの冷めたく濡れた鼻のあたまと、へんにぷよ〳〵した蹠《あしのうら》の肉とを胸の上に感じると、全く初めての出来事なので、奇妙のやうな、嬉しいやうな心地がして、真つ暗な中で手さぐりしながら頸のあたりを撫でゝやつた。するとリヽーは一層大きくゴロ〳〵云ひ出して、とき〴〵、突然人差指の先へ、きゆッと噛み着いて歯型を附けるのであつたが、まだそんなことをされた経験のない彼女にも、それが異常な興奮と喜びの余りのしぐさであることが分るのであつた。

その明くる日から、リヽーはすつかり品子と仲好しになつてしまつて、心から信頼してゐる様子が見え、もう牛乳でも、花鰹節の御飯でも、何でもおいしさうに食べた。そしてフンシの砂の中へ日に幾度か排泄物を落すので、いつもその匂が四畳半の部屋の中へむうッと籠るやうになつたが、彼女はそれを嗅いでゐると、いろ／＼な記憶が思ひがけなくよみがへつて、蘆屋時代のなつかしい日が戻つて来たやうに感ずるのであつた。なぜかと云つて、蘆屋の家では明けても暮れても此の匂がしてゐたではないか。あの家の中の襖にも、柱にも、壁にも、天井にも、皆此の匂が滲《し》みついてゐて、彼女は夫や姑と一緒に四年の間これを嗅ぎながら、口惜しいことや悲しいことの数々に堪へて来たのではないか。だが、あの時分には、此の鼻持ちのならない匂を呪つてばかりゐたくせに、今はその同じ匂が何と甘い回想をそゝることよ。あの時分には此の匂故にひとしほ憎らしかつた猫が、今はその反対に、此の匂故に如何にいとほしいことよ。彼女はそのゝち毎晩のやうにリヽーを抱いて眠りながら、此の柔順で可愛らしい獣を、どうして昔はあんなにも嫌つたのかと思ふと、あの頃の自分と云ふものが、ひどく意地の悪い、鬼のやうな女にさへ見えて来るのであつた。

さて此の場合、品子が此の猫の身柄について福子に嫌味な手紙を出したり、塚本を通してあんなに執拗《しつッこ》く頼んだりした動機と云ふものを、一寸説明しておかなければならないのであるが、正直のところ、そこにはいたづらや意地悪の興味が手伝つてゐたことも確かであり、又庄造が猫に釣られて訪ねて来るかも知れないと云ふ万一の望みもあつたであらうが、そんな眼の前のことよりも、実はもつと遠い〳〵先のこと、――ま、早くて半年、おそくて一年か二年もすれば、多分福子と庄造の仲が無事に行く筈はないのだからと、その時を見越してゐるのであつた。それと云ふのが、もと〳〵塚本の仲人口《なこうどぐち》に乗せられて嫁に行つたのが不覚だつたので、今更あんな怠け者の、意気地なしの、働きのない男なんぞに、捨てられた方が仕合はせだつたかも知れないのだが、でも彼女としてどう考へても忌ま〳〵しく、あきらめきれない気がするのは、当人同士が飽きも飽かれもした訳ではないのに、ハタの人間が小細工をして追ひ出したのだと、さう云ふ一念があるからだつた。尤《もつと》もそんなことを云ふと、いや、さう思ふのはお前さんの己惚《うぬぼ》れだ、それは成る程、姑との折合も悪かつたに違ひないけれども、夫婦仲だつてちつとも良いことはなかつたではないか、お前さんは御亭主をのろまだと云つて低能児扱ひにするし、御亭主はお前さんを我《が》が強いと云つて鬱陶《うつとう》しがるし、いつも喧嘩ばかりしてゐたのを見ると、よく〳〵性《しよう》が合はないのだ、もし御亭主がほんとにお前さんを好いてゐるなら、いくらハタから押し付けたつて、外に女を拵へる訳がありますまいと、さう露骨には云はない迄も、塚本などのお腹の中は大概《たいがい》さうにきまつてゐるのだが、それは庄造と云ふ人の性質を知らないからのことなので、彼女に云はせれば、いつたいあの人はハタから強く押し付けられたら、否《いや》も応《おう》もないのである。呑気と云ふのか、ぐうたらと云ふのか、其の人よりも此の人がいゝと云はれると、すぐふら／＼とその気になつてしまふのだけれども、自分から女を拵へて古い女房を追ひ出したりする程、一途に思ひ詰める性分ではないのである。だから品子は熱烈に惚れられた覚えはないが、嫌はれたと云ふ気もしないので、周《まわ》りの者が智慧をつけたりそゝのかしたりしなかつたら、よもや不縁にはならなかつたらう、自分がこんな憂き目を見るのは、全くおりんだの、福子だの、福子の親父《おやじ》だのと云ふものがお膳立てをしたからなのだと、さう思はれて、少し誇張した云ひ方をすれば、生木《なまき》を割《さ》かれたやうな感じが胸の奥の方にくすぶつてゐるので、未練がましいやうだけれども、どうも此のまゝでは堪忍出来ないのであつた。

しかし、それなら、うす／＼おりんなどのしてゐることを感付かないでもなかつた時分に、何とか手段の施《ほどこ》しやうがあつたゞらうに、――いよ／＼蘆屋を追ひ出される間際にだつて、もつと頑張つてみたらよかつたらうに、――じたいさう云ふ策略にかけては姑のおりんと好い取組だと云はれた彼女が、案外あつさり旗を巻いて、おとなしく追ん出てしまつたのはなぜであらうか、日頃の負けず嫌ひにも似合はないと云ふことになるが、そこにはやつぱり彼女らしい思はくがないでもなかつた。ありていに云ふと、今度の事は彼女の方に最初幾分の油断があつたから斯《こ》うなつたので、それと云ふのも、あの多情者の、不良少女上りの福子を、何ぼ何でも枠の嫁にしようと迄はおりんも考へてゐないであらうし、又尻の軽い福子が、まさか辛抱する気もあるまいと、たかをくゝつてゐたからなのだが、そこに多少の目算違ひがあつたとしても、どうせ長続きのする二人でないと云ふ見透《みとお》しに、今も変りはないのであつた。尤《もつと》も福子は年も若いし、男好きのする顔だちだし、鼻にかける程の学問はないが女学校へも一二年行つてゐたのだし、それに何より持参金が附いてゐるのだから、庄造としては据《す》ゑ膳《ぜん》の箸《はし》を取らぬ筈はなく、先《ま》づ当分は有卦《うけ》に入つた気でゐるだらうけれども、福子の方がやがて庄造では喰ひ足らなくなつて、浮気をせずにはゐないであらう。何しろあの女は男一人を守れないたちで、もうその方では札附《ふだつ》きになつてゐるのだから、どうせ今度も始まることは分りきつてゐるのだが、それが眼に余るやうになれば、いくら人の好い庄造だつて黙つてゐられないであらうし、おりんにしても匙《さじ》を投げるにきまつてゐる。ぜんたい庄造は兎に角として、シツカリ者と云はれるおりんにそのくらゐなことが見えない筈はないのだけれども、今度は慾が手伝つたので、つい無理な細工をしたのかも知れない。だから品子は、こゝでなまじな悪あがきをするよりは、一と先づ敵に勝たしておいて、徐《おもむ》ろに後図《こうと》を策しても晩《おそ》くはないと云ふ腹なので、中々あきらめてはゐないのだつたが、でもそんなことは、無論塚本に対しても噫《おくび》にも出しはしなかつた。うはべは同情が寄るやうに、なるべく哀れつぽいところを見せて、心の中では、どうしても、う一遍だけ彼処《あそこ》の家へ戻つてやる、今に見てゐろと思ひもし、又その思ひがいつかは遂げられるだらうと云ふ望みに生きてもゐるのだつた。それに、品子は、庄造のことをたよりない人とは思ふけれども、どう云ふものか憎むことが出来なかつた。あんな工合に、何の分別もなくふら〳〵してゐて、周りの人達が右と云へば右を向き、左と云へば左を向くと云ふ風だから、今度にしてもあの連中のいゝやうにされてゐるのであらうが、それを考へると、子供を一人歩きさせてゐるやうな、心許《こころもと》ない、可哀さうな感じがするのである。そしてもと〳〵、さう云ふ点にへんに可愛気のある人なので、一人前の男と思へば腹が立つこともあつたけれども、幾らか自分より下に見下して扱ふと、妙にあたりの柔かい、優しい肌合があるものだから、だん〳〵それに絆《ほだ》されて抜きさしがならないやうになり、持つて来た物までみんな注ぎ込んで、裸にされて放り出されてしまつたのだが、彼女としてはそんなにまでして尽してやつたと云ふところに、尚更《なおさら》未練が残るのである。全く、此の一二年間のあの家の暮らしは、半分以上は彼女の痩せ腕で支へてゐたやうなものではないか。好いあんばいにお針が達者だつたから、近所の仕事を貰つて来ては夜の眼も寝ずに縫ひ物をして、どうやら凌《しの》ぎをつけてゐたので、彼女の働きがなかつたら、母親なぞがいくら威張つてもどうにもなりはしなかつたではないか。おりんは土地での嫌はれ者、庄造はあの通りでさつぱり信用がなかつたから、諸払ひの滞《とどこお》りなどもやかましく催促されたものだが、彼女への同情があつたればこそ節季《せつき》が越せて行つたのではないか。それだのにあの恩知らずの親子が、慾に眼がくれてあゝ云ふ者を引ずり込んで、牛を馬に乗り換へた気でゐるけれども、まあ見てゐるがいゝ、あの女にあの家の切り盛りが出来るかどうか、持参金附きは結構だけれど、なまじそんなものがあつたら、一層嫁の気随気儘《きずいきまま》が募《つの》るであらうし、庄造もそれをアテにして怠けるであらうし、結局親子三人の思はくが皆それ〴〵に外れて来るところから、争ひの種が尽きないであらう。その時分になつて、前の女房の有難みが始めてほんたうに分るのだ。品子はこんなふしだらではなかつた、かう云ふ時にあゝもしてくれた、かうもしてくれたと、庄造ばかりでなく、母親までがきつと自分の失策を認めて、後悔するのだ。あの女は又あの女で、さん〴〵あの家を掻き廻した揚句の果てに、飛び出してしまふのが落ちなのだ。さうなることは今から明々白々で、太鼓判を捺《お》してやりたいくらゐであるのに、それが分らないとは憐れな人達もあればあるものよと、内心せゝら笑ひながら時機を待つ積りでゐるのだが、しかし用心深い彼女は、待つにつけてはリヽーを預かつておくと云ふ一策を考へついたのであつた。彼女はいつも、上の学校を一二年でも覗いたことがあると云ふ福子に対して、教育の点では退《ひ》け目を感じてゐたのであるが、でもほんたうの智慧くらべなら、福子にだつておりんにだつて負けるものかと云ふ自負心があるので、リヽーを預かると云ふ手段を思ひついた時は、我ながらの妙案にひとりで感心してしまつた。なぜかといつて、リヽーさへ此方へ引き取つて置いたら、恐らく庄造は雨につけ、風につけ、リヽーのことを思ひ出す度に彼女のことを思ひ出し、リヽーを不憫と思ふ心が、知らず識らず彼女を憐れむ心にもならうからである。そして、さうすれば、いつ迄たつても精神的に縁が切れない理窟であるし、そこへ持つて来て福子との仲がシックリ行かないやうになると、いよ／＼リヽーが恋ひしいと共に前の女房が恋ひしくならう。彼女が未だに再縁もせず、猫を相手に侘《わ》びしく暮してゐると聞いては、一般の同情が集まるのは無論のこと、庄造だつて悪い気持はする筈がなく、ます／＼福子に嫌気がさすやうになるであらうから、手を下さずして彼等の仲を割くことに成功し、復縁の時期を早めることが出来る。——ま、さうお誂《あつら》へ向きに行つてくれたら仕合せであるが、彼女自身はさうなる見込みを立てゝゐた。たゞ問題はリヽーを素直に引き渡すかどうかと云ふことであつたが、それとても、福子の嫉妬心を煽り立てたら大丈夫うまく行くつもりでゐた。だからあの手紙の文句なんぞも、さう云ふ深謀遠慮を以て書かれてゐたので、単純ないたづらや嫌がらせではなかつたのであるが、お気の毒ながら頭の悪い連中には、どうして私が好きでもない猫を欲しがるのか、とてもその真意が摑めッこあるまい、そしていろ／＼滑稽《こつけい》極まる邪推をしたり、子供じみた騒ぎ方をするであらうと云ふところに、抑へきれない優越感を覚えたのであつた。

兎に角、そんな訳であるから、その折角のリヽーに逃げられた時の落胆と、思ひがけなくそれが戻つて来た時の喜びとがどんなに大きかつたとしても、畢竟《ひつきよう》それは得意の「深謀遠慮」に基づく打算的な感情であつて、ほんたうの愛着ではない筈なのだが、あの時以来、一緒に二階で暮らすやうになつてみると、全く予想もしなかつた結果が現はれて来たのである。彼女は夜な〳〵、その一匹の日向臭い獣を抱へて同じ寝床の中に臥ながら、どうして猫と云ふものはこんなにも可愛らしいのであらう、それだのに又、昔はどうして此の可愛さが理解出来なかつたのであらうと、今では悔恨と自責の念に駆られるのであつた。大《おお》方《かた》蘆屋時代には、最初に変な反感を抱いてしまつたので、此の猫の美点が眼に這入らなかつたのであらうが、それと云ふのも、焼餅があつたからなのである。焼餅のために、本来可愛らしいしぐさが唯《ただ》もう憎らしく見えたのである。たとへば彼女は、寒い時分に夫の寝床へもぐり込んで行く此の猫を憎み、同時に夫を恨んだものだが、今になつてみれば何の憎むことも恨むこともありはしない。現に彼女も、もう此の頃では独り寝の寒さがしみ〳〵こたへてゐるではないか。まして猫と云ふ獣は人間よりも体温が高いので、ひとしほ寒がりなのである。猫に暑い日は土用の三日間だけしかないと云はれるのである。さうだとすれば、今は秋の半ばであるから、老年のリヽーが暖かい寝床へ慕ひ寄るのは当然ではないか。いや、それよりも、彼女自身が、かうして猫と寝てゐると、此の暖かいことはどうだ！　例年ならば、今夜あたりは湯たんぽなしでは寝られないであらうのに、今年はまだそんなものも使はないで、寒い思ひもせずにゐるのは、リヽーが這入つて来てくれるお蔭ではないか。彼女自身が、夜毎々々にリヽーを放せなくなつてゐるではないか。その外昔は、此の猫の我が儘を憎み、相手に依つて態度を変へるのを憎み、蔭日向のあるのを憎んだけれども、それもこれも、みんな此方の愛情が足らなかつたからなのだ。猫には猫の智慧があつて、ちやんと人間の心持が分る。その証拠には、此方が今迄のやうでなく、ほんたうの愛情を持つやうになつたら、直ぐ戻つて来て此の通り馴れ〳〵しくするではないか。彼女が自分の気持の変化を意識するより、リ、ーの方がより早く嗅ぎつけたくらゐではないか。

品子は今迄、猫は愚か人間に対しても、こんなにこまやかな情愛を感じたこともなく、示したこともないやうな気がした。それは一つには、おりんを始めいろ〳〵な人から情《じよう》の強《こわ》い女だと云はれてゐたものだから、いつか自分でもさう思はされてゐたせゐであつたが、此の間からリ、ーのために捧げ尽した辛労と心づかひとを考へる時、自分の何処にこんな暖かい、優しい情緒が潜んでゐたのかと、今更驚かれるのであつた。さう云へば昔、庄造が此の猫の世話を決して他人の手に委《ゆだ》ねず、毎日食事の心配をし、二三日置きにフンシの砂を海岸まで取り換へに行き、暇があると蚤《のみ》を取つてやつたりブラシをかけてやつたりし、鼻が乾いてゐはしないか、便が軟か過ぎはしないか、毛が脱けはしないかと始終気をつけて、少しでも異状があれば薬を与へると云ふ風に、まめ〳〵しく尽してやるのを見て、あの怠け者によくあんな面倒が見られることよと、ます〳〵反感を募らしたものだが、あの庄造のしたことを今は自分がしてゐるではないか。而《しか》も彼女は、自分の家に住んでゐるのではないのである。自分の食べるだけのものは、自分で儲《もう》けて妹夫婦へ払ひ込むと云ふ条件だから、まるきりの居候《いそうろう》ではないが、何かと気が置ける中にゐて、此の猫を飼つてゐるのである。これが自分の家であつたら、台所を漁《あさ》つて残り物を捜すけれども、他人の家ではさうも出来ないところから、自分が食べるものを食べずに置くか、市場へ行つて何かしら見つけて来てやらねばならない。さうでなくても、つましい上にもつましくしてゐる場合であるのに、たとひ僅かの買ひ物にもせよ、リ、ーのために出銭《でせん》が殖《ふ》えると云ふことは、随分痛事《いたごと》なのである。それにもう一つ厄介なのは、フンシであつた。蘆屋の家は浜まで五六丁の距離だつたから、砂を得るには便利であつたが、此の阪急の沿線からは、海は非常に遠いのである。尤《もつと》も最初の二三回は、普請場の砂があつたお蔭で助かつたけれども、生憎《あいにく》近頃は何処にも砂なんかありはしない。さうかと云つて、砂を換へずに放つておくと、とても臭気が激しくなつて、しまひに階下《した》へまで匂つて来るので、妹夫婦が嫌な顔をする。よんどころなく、夜が更けてから彼女はそうツとスコップを持つて出かけて行つて、その辺の畑の土を掻いて来たり、小学校の運動場から滑り台の砂を盗んで来たり、そんな晩には又よく犬に吠えられたり、怪しい男に尾《つ》けられたり、――全く、リ、ーのためでなかつたら、誰に頼まれてこんな嫌な仕事をしよう、だが又リ、ーのためならばかう云ふ苦労を厭《いと》はないとは、何としたことであらうと思ふと、返す〴〵も、蘆屋の時分に、なぜ此の半分もの愛情を以て、此の獣をいつくしんでやらなかつたか、自分にさう云ふ心がけがあつたら、よもや夫との仲が不縁になりはしなかつたであらうし、此のやうな憂き目は見なかつたであらうものをと、今更それが悔まれてならない。考へてみれば、誰が悪かつたのでもない、みんな自分が至らなかつたのだ。此の罪のない、やさしい一匹の獣をさへ愛することが出来ないやうな女だからこそ、夫に嫌はれたのではないか。自分にさう云ふ欠点があつたからこそ、ハタの人間が附け込んだのではないか。……

十一月になると、朝夕の寒さがめつきり加はつて、夜はとき〴〵六甲の方から吹きおろす風が、戸の隙間から冷え〴〵と沁み込むやうになつて来たので、品子とリヽーとは前よりも一層喰《く》つ着《つ》いて、ひしと抱き合つて、ふるへながら寝た。そしてとう〳〵怺《こら》へきれずに、湯たんぽを使ひ始めたのであつたが、その時のリヽーの喜び方と云つたらなかつた。品子は夜な〳〵、湯たんぽの温《ぬく》もりと猫の活気とでぽか〳〵してゐる寝床の中で、あのゴロ〳〵云ふ音を聞きながら、自分のふところの中にゐる獣の耳へ口を寄せて、

「お前の方がわてよりよつぽど人情があつてんなあ。」

と云つてみたり、

「わてのお蔭で、お前にまでこんな淋しい思ひさして、堪忍なあ。」

と云つてみたり、

「けどもう直《じ》きやで。もうちよつと辛抱してゝくれたら、わてと一緒に蘆屋の家へ帰れるやうになるねんで。そしたら今度と云ふ今度は、三人仲よう暮らさうなあ。」

と云つてみたりして、ひとりでに涙が湧《わ》いて来ると、夜更《よふ》けの、真つ暗な部屋の中で、リヽーより外《ほか》には誰に見られる訳でもないのに、慌てゝ掛け布団をすつぽり被つてしまふ

のであつた。

福子が午後の四時過ぎに、今津《いまづ》の実家へ行つて来ると云つて出かけてしまふと、それまで奥の縁側で蘭の鉢をいぢくつてゐた庄造は、待ち構へてゐたやうに立ち上つて、

「お母さん」

と、勝手口へ声をかけたが、洗濯をしてゐる母親には、水の音が邪魔になつて聞えないらしいので、

「お母さん」

と、もう一度声を張り上げて云つた。

「店を頼むで。――ちよつと其処《そこ》まで行つて来るよつてになあ。」

と、ヂヤブ〳〵云ふ音がふいに止まつて、

「何やて？」

と、母親のしつかりした声が障子越しに聞えた。

「僕、ちよつと其処まで行つて来るよつてに――」

「何処《どこ》へ？」

「つい其処や。」

「何しに？」

「そないに執拗《ひつこ》う聞かんかて――」

さう云つて、一瞬間むつとした顔つきで、鼻の孔をふくらましたが、直ぐ又思ひ返したらしく、あの持ち前の甘えるやうな口調になつて、

「あのなあ、ちよつと三十分ほど、球撞《たまつ》きに行かしてくれへんか。」

「さうかてお前、球は撞かんちふ約束したのんやないか。」

「一遍だけ行かしてエな。何せもう半月も撞いてエへんよつてに。頼みまつさ、ほんまに。」

「えゝか、悪いか、わてには分らん。福子のゐる時に、答へて行つとくなはれ。」

「何でエな。」

その妙に力張《りきば》つたやうな声を聞くと、裏口の方で盥《たらい》の上につくばつてゐる母親にも、伜が怒つた時にするだゞッ児じみた表情が、はつきり想像出来るのであつた。

「何で一々、女房に答へんなりまへんねん。えゝも悪いも福子に聞いてみなんだら、お母さんには云はれしまへんのんか。」

「さうやないけど、気をつけてゝ下さいて頼まれてるねんが。」

「阿呆らしいもない。」

さう云つたきり取り合はないで、又水の音を盛んにヂヤブ〳〵と立て始めた。

「いつたいお母さんは僕のお母さんか、福子のお母さんか、孰方《どつち》だす？　なあ、孰方だす

いな。」

「もう止めんかいな、そんな大きな声出して、近所に聞えたら見つともないがな。」

「そしたら、洗濯後《あと》にして、一寸《ちよつと》こゝへ来とくなはれ。」

「もう分つてる、もう何も云はへんさかいに、何処なと好きなとこへ行きなはれ。」

「ま、そない云はんと、一寸来なはれ。」

何を思つたか庄造は、いきなり勝手口へ行つて、流し元にしやがんでゐる母親の、シャボンの泡だらけな手頸《てくび》を摑むと、無理に奥の間へ引き立てゝ来た。

「なあ、お母さん、えゝ折やよつてに、一寸これ見て貰ひまつさ。」

「何や、急《せ》からしう、………」

「これ、見て御覧、――――」

夫婦の居間になつてゐる奥の六畳の押入を開けると、下の段の隅ツこの、柳行李《やなぎごうり》と用箪笥《ようだんす》の隙間の暗い穴ぼこになつた所に、紅くもく〳〵かたまつてゐるものが見える。

「あすこにあるのん、何や思ひなはる。」

「あれかいな。………」

「あれみんな福子の汚れ物だつせ。あんな工合に後から〳〵突つ込んどいて、ちよつとも洗濯せエへんので、穢《きたな》いもんが彼処《あそこ》に一杯溜つてゝ、簞笥《たんす》の抽斗《ひきだし》かて開けられへんねんが。」

「をかしいなあ、あの娘《こ》のもんは先繰《せんぐ》り洗濯屋へ出してるのんに、………」

「さうかて、まさかお腰《こし》だけは出されへんやろが。」

「ふうむ、あれはお腰かいな。」

「さうだんが。なんぼなんでも女の癖にあんまりだらしないさかいに、僕もう呆れてまんねんけど、お母さんかて様子見てたら分つてるのんに、何で叱言《こごと》云うてくれしまへん？僕にばつかりやかましいこと云うといて、福子にやつたら、こないな道楽されてゝも見ん振りしてなはんのんか。」

「こんな所にこんなもんが突つ込んであること、わてが何で知るかいな。………」

「お母さん」

不意に庄造はびつくりしたやうな声を挙げた。母が押入の段の下へもぐり込んで行つて、その汚れ物をごそ〳〵引き出し始めたからである。

「それ、どないするねん？」

「此の中《なか》綺麗にしてやろ思うて、………」

「止めなはれ、穢い！………止めなはれ！」

「えゝがな、わてに任しといたら、………」

「何ぢやいな、姑が嫁のそんなもん触《いろ》うたりして！　僕お母さんにそんなことしてくれ云へしまへんで。福子にさしなはれ云うてんで。」

おりんは聞えない振りをして、その薄暗い奥の方から、円くつくねてある紅い英ネルの束《たば》を凡《およ》そ五つ六つ取り出すと、それを両手に抱へながら勝手口へ運んで行つて、洗濯バケツの中へ入れた。

「それ、洗うてやんなはんのんか？」

「そんなこと気にせんと、男は黙つてるもんや。」

「自分のお腰の洗濯ぐらゐ、何で福子にさゝれまへん、なあお母さん。」

「うるさいなあ、わてはこれをバケツに入れて、水張つとくだけや。こないしといたら、自分で気イ付いて洗濯するやろが。」

「阿呆らしい、気イ付くやうな女だつかいな。」

母はあんなことを云つてゐるけれど、きつと自分が洗つてやる気に違ひないので、尚更《なおさら》庄造は腹の虫が納まらなかつた。そして着物も着換へずに、厚司《あつし》姿のまゝ土間の板草履を突つかけると、ぷいと自転車へ飛び乗つて、出かけてしまつた。

さつき球撞きに行きたいと云つたのは、ほんたうにそのつもりだつたのであるが、今の一件で急に胸がムシヤクシヤして来て、球なんかどうでもよくなつたので、何と云ふアテもなしに、ベルをやけに鳴らしながら蘆屋川沿ひの遊歩道を真つすぐ新国道へ上ると、つい業平橋《なりひらばし》を渡つて、ハンドルを神戸の方へ向けた。まだ五時少し前頃であつたが、一直線につゞいてゐる国道の向うに、早くも晩秋の太陽が沈みかけてゐて、太い帯になつた横流れの西日が、殆ど路面と平行に射してゐる中を、人だの車だのがみんな半面に紅い色を浴びて、恐ろしく長い影を曳きながら通る。ちやうど真正面《まとも》にその光線の方へ向つて走つてゐる庄造は、鋼鉄のやうにぴか〳〵光る舗装道路の眩しさを避けて、俯向き加減に、首を真横にしながら、森の公設市場前を過ぎ、小路《しようじ》の停留所へさしかゝつたが、ふと、電車線路の向う側の、とある病院の塀外に、畳屋の塚本が台を据ゑてせつせと畳を刺してゐるのが眼に留まると、急に元気づいたやうに乗り着けて行つて、

「忙しおまつか。」

と、声をかけた。

「やあ」

と塚本は、手は休めずに眼で頷《うなず》いたが、日が暮れぬ間に仕事を片附けてしまはうと、畳へきゆッと針を刺し込んでは抜き取りながら、

「今時分、何処へ行きはりまんね？」

「別に何処へも行かしまへん。ちよつと此の辺まで来てみましてん。」

「僕に用事でもおましたんか。」

「いゝえ、違ひま。――――」

さう云つてしまつてはつとしたが、仕方がなしに眼と鼻の間へクシヤ〳〵とした皺を刻《きざ》んで、曖昧な作り笑ひをした。

「今此処通りかゝつたのんで、声かけてみましたんや。」

「そうだつか。」

そして塚本は、自分の眼の前に自転車を停《と》めて突つ立つてゐる人間になんか、構つてゐられないと云はんばかりに、直ぐ下を向いて作業を続けたが、庄造の身になつてみれば、いくら忙しいにしたところで、「近頃どうしてゐるか」とか、「リヽーのことはあきらめたか」とか、そのくらゐな挨拶はしてくれてもよさゝうなものだのに、心外な気がしてならなかつた。それと云ふのが、福子の前ではリヽー恋ひしさを一生懸命に押し隠して、リヽーの「リ」の字も口に出さないでゐるものだから、それだけ千万無量の思ひが胸に鬱積してゐる訳で、今図《はか》らずも塚本に出遭つてみると、やれ／＼此の男に少しは切ない心の中を聞いて貰はう、さうしたら幾らか気が晴れるだらうと、すつかり当て込んでゐたのであつたが、塚本としてもせめて慰めの言葉ぐらゐ、でなければ無沙汰の詫びぐらゐ、云はなければならない筈なのである。なぜかと云つて、抑《そもそ》もリヽーを品子の方へ渡す時に、その後どう云ふ待遇を受けつゝあるか、とき／゛＼塚本が庄造の代りに見舞ひに行つて、様子を見届けて、報告をすると云ふ堅い約束があつたのである。勿論それは二人の間だけの申し合はせで、おりんや福子には絶対秘密になつてゐたのだが、しかしさう云ふ条件があつたからこそ大事な猫を渡してやつたのに、あれきり一度もその約束を実行してくれたことがなく、うま／＼人をペテンにかけて、知らん顔をしてゐるのであつた。

だが、塚本は、空惚《そらとぼ》けてゐる訳ではなくて、日頃の商売の忙しさに取り紛れてしまつたのであらうか。こゝで遇《あ》つたのを幸ひに、一と言ぐらゐ恨みを云つてやりたいけれども、こんなに夢中で働いてゐる者に、今更呑気らしく猫のことなんぞ云ひ出せもしないし、云ひ出したところで、あべこべに怒鳴り付けられはしないであらうか。庄造は、夕日がだん〳〵鈍くなつて行く中で、塚本の手にある畳針ばかりがいつ迄もきら〳〵光つてゐるのを、見惚《みと》れるともなく見惚れながらぼんやり佇《たたず》んでゐるのであつたが、ちやうど此のあたりは国道筋でも人家《じんか》が疎《まば》らになつてゐて、南側の方には食用蛙を飼ふ池があり、北側の方には、衝突事故で死んだ人々の供養のために、まだ真新しい、大きな石の国道地蔵が立つてゐるばかり。此の病院のうしろの方は田圃つゞきで、ずうと向うに阪急沿線の山々が、ついさつきまでは澄み切つた空気の底にくつきりと襞《ひだ》を重ねてゐたのが、もう黄昏《たそがれ》の蒼い薄靄《うすもや》に包まれかけてゐるのである。

「そんなら、僕、失敬しまつさ。――――」

「ちとやつて来なはれ。」

「そのうちゆつくり寄せて貰ひま。」

片足をペダルへかけて、二三歩とツとツと行きかけたけれども、やつぱりあきらめきれないらしく、

「あのなあ、――――」

と云ひながら、又戻つて来た。

「塚本君、えらいお邪魔しまつけど、実はちよつと聞きたいことがおまんねん。」

「何だす？」

「僕これから、六甲まで行つてみたろか思ひまんねんけど、………」

やつと一畳縫ひ終へたところで、立ち上りかけてゐた塚本は、

「何しにいな？」

と呆れた顔をして、かゝへた畳をもう一遍トンと台へ戻した。

「さうかて、あれきりどないしてるやら、さつぱり様子分れしまへんさかいにな。

………」

「君、そんなこと、真面目で云うてなはんのんか。置きなはれ、男らしいもない！」

「違ひまんが、塚本君！………さうやあれへんが。」

「そやさかいに僕あの時にも念押したら、あの女に何の未練もない、顔見るだけでもケツタクソが悪い云ひなはつたやおまへんか。」

「ま、塚本君、待つとくなはれ！　品子のことやあれへんが。猫のことだんが。」

「何と、猫？――――」

塚本の眼元と口元に、突然ニツコリとほゝ笑みが浮かんだ。

「あゝ、猫のことだつか。」

「さうだんが。——君あの時に、品子があれを可愛がるかどうか、とき〲様子見に行つてくれる云ひなはつたのん、覚えたはりまつしやろ？」

「そんなこと云ひましたかいな、何せ今年は、水害から此方えらい忙しおましたさかいに、——」

「そら分つてま。そやよつてに、君に行つて貰はう思うてエしまへん。」

「君、まだあの猫のこと忘れられしまへんのんか。」

せい〲皮肉にさう云つた積りだつたのであるが、相手は一向感じてくれないで、

「何で忘れまつかいな。あれから此方、品子の奴がいぢめてエへんやろか、あんぢよう懐《なつ》いてるやろか思うたら、もうその事が心配でなあ、毎晩夢に見るぐらゐだすねんけど、福子の前やつたら、そんなことちよつとも云はれしまへんよつてに、尚のことこゝが辛《つろ》うて〲、………」

と、庄造は胸を叩いてみせながらべそを掻いた。

「………ほんまのとこ、もう今迄にも一遍見に行こ思うてましてんけど、何せ此のところ一と月ほど、ひとりやつたらめつたに出して貰はれしまへん。それに僕、品子に会はんならんのん叶《かな》ひまへんよつてに、彼奴《あいつ》に見られんやうにして、リヽーにだけそうツと会うて来るやうなこと、出来しまへんやろか？」

「そら、むづかしいおまんなあ。——」

好い加減に堪忍してくれと云ふ催促のつもりで、塚本はおろした畳へ手をかけながら、

「どないしたかて見られまんなあ。それに第一、猫に会ひに来た思はんと、品子さんに未練あるのんや思はれたら、厄介なことになりまんがな。」

「僕かてそない思はれたら叶ひまへんねん。」

「もうあきらめてしまひなはれ。人にやつてしまうたもん、どない思うたかてショウがないやおまへんか、なあ石井君。――」

「あのなあ、」

と、それには答へないで、別なことを聞いた。

「あの、品子はいつも二階だつか、階下《した》だつか？」

「二階らしおまつけど、階下へかて降りて来まつしやろ。」

「家空《うちあ》けることおまへんやろか？」

「分りまへんなあ。――裁縫したはりますさかいに、大概《たいがい》家らしおまつけど。」

「風呂へ行く時間、何時頃だつしやろ？」

「分りまへんなあ。」

「さうだつか。そしたら、えらいお邪魔しましたわ。」

「石井君」

塚本は、畳を抱へて立ち上つた間に、早くも一二間離れかけた自転車の後姿に云つた。

「君、ほんまに行きはりまんのか。」

「どうするかまだ分れしまへん。兎に角近所まで行つてみまつさ。」

「行きなはるのんは勝手だすけど、後でゴタゴタ起つたかて、係り合ふのんイヤだつせ。」

「君もこんなこと、福子やお袋に云はんと置いてくなはれ。頼みまつさ。」

そして庄造は、首を右左《みぎひだり》へ揺さ振り〳〵、電車線路を向う側へ渡つた。


これから出かけて行つたところで、あの一家の者達に顔を合はせないやうにして、こつそりリヽーに遇ふなんと云ふ巧《うま》い寸法に行くであらうか。いゝあんばいに裏が空地になつてゐるから、ポプラーの蔭か雑草の中にでも身を潜めて、リヽーが外へ出て来るのを気長に待つてゐるより外に手はないのだが、生憎なことに、から暗くなつてしまつては、出て来てくれても中々発見が困難であらう。それにもうそろ〳〵初子の亭主が勤務先から帰つて来るであらうし、晩飯の支度で勝手口の方が忙しくなるであらうから、さういつ迄も空巣《あきす》狙《ねら》ひみたいにうろ〳〵してゐる訳にも行かない。とすると、もつと時間の早い時に出直す方がいゝのだけれども、しかしリヽーに会へる会へないは二の次として、久し振に女房の眼を偸《ぬす》んで、彼方此方を乗り廻せると云ふことだけでも、愉快でたまらないのであつた。実際、今日を外してしまふと、から云ふ時はもう半月待たないと来ないのである。福子はをり〳〵親父の所へお小遣ひをセビリに行くのだが、それが大体一と月に二度、お朔日《ついたち》前後と十五日前後とにきまつてゐて、行けば必ず夕飯を呼ばれ、早くて八九時頃に帰るのが例であるから、今日も今から三四時間は自由が楽しまれるのであつて、もし自分さへ飢ゑと寒さに堪へる覚悟なら、あの裏の空地に、少くとも二時間は立つてゐる余裕があるのである。だからリ、ーが晩飯の後でぶらつきに出かける習慣を、今も改めないでゐるものとすれば、ひよつとしたら彼処で会へるかも知れない。さう云へばリ、ーは、食後に草の生えてゐる所へ行つて、青い葉を食べる癖があるので、尚更あの空地は有望な訳だ。――そんなことを考へながら、甲南学校前あたり迄やつて来ると、国粋堂と云ふラヂオ屋の前で自転車を停めて、外から店を覗いてみて、主人がゐるのを確かめてから、

「今日は」

と、表のガラス戸を半分ばかり開けた。

「えらい済んまへんけど、二十銭貸しとくなはれしまへんか。」

「二十銭でよろしおまんのか。」

知らない顔ではないけれども、いきなり飛び込んで来て心やすさうに云はれる程の仲やあれへん、と、さう云ひたげに見えた主人は、二十銭では断りもならないので、手提金庫から十銭玉を二つ取り出して、黙つて掌《てのひら》へ載せてやると、直ぐ向う側の甲南市場へ駈け込んで、アンパンの袋と筍《たけ》の皮包を懐ろに入れて戻つて来て、

「ちよつと台所使はしとくなはれ。」

人が好いやうでへんにづう〳〵しいところのある彼は、さう云ふことには馴れたものなので、「何しなはんね」と云はれても「訳がありますねん」とばかり、ニヤ〳〵しながら勝手口へ廻つて行つて、筍《たけ》の包皮の鶏《かしわ》の肉をアルミニユームの鍋へ移すと、瓦斯《ガス》の火を借りて水煮《みずだ》きにした。そして「済んまへんなあ」を二十遍ばかりも繰り返しながら、

「いろ〳〵無心云ひまつけど、今一つ聴いとくなはれしまへんか。」

と、自転車に附けるラムプの借用を申し込んだが、「此れ持つて行きなはれ」と主人が奥から出して来てくれたのは、「魚崎町三好屋」と云ふ文字のある、何処《どこ》かの仕出屋《しだしや》の古提灯《ふるぢようちん》であつた。

「ほう、えらい骨董物だんなあ。」

「それやつたら大事おまへん。ついでの時に返しとくなはれ。」

庄造は、まだおもてが薄明るいので、その提灯を腰に挿して出かけたが、阪急の六甲の停留所前、「六甲登山口」と記した大きな標柱の立つてゐる所まで来て、自転車を角の休み茶屋に預けて、そこから二三丁上にある目的の家の方へ、少し急なだら〳〵路を登つて行つた。そして家の北側の、裏口の方へ廻つて、空地の中へ這入り込むと、二三尺の高さに草がぼう〳〵と生えてゐる一とかたまりの叢《くさむら》のかげにしやがんで、息を殺した。こゝでさつきのアンパンを咬《かじ》りながら、二時間の間辛抱してみよう、そのうちにリ、ーが出て来てくれたら、お土産の鶏《かしわ》の肉を与へて、久しぶりに肩へ飛び着かせたり、口の端を

舐めさせたり、楽しいいちやつき合ひをしようと、さう云ふ積りなのであつた。

いつたい今日は面白くないことがあつたのでアテもなく外へ飛び出したら、足が自然に西の方へ向いたばかりでなく、塚本なんぞに出遭つたものだから、とう／＼途中で決心をして、此処まで延《の》してしまつたのだが、かうなることゝ分つてゐたら外套を着て来ればよかつたのに、厚司《あつし》の下に毛糸のシャツを着込んだだけでは、流石《さすが》に寒さが身に沁みる。庄造は肩をぞくッとさせて、星がいちめんに輝き始めた夜空を仰いだ。板草履を穿《は》いた足に冷めたい草の葉が触れるので、ふと気が付いて、帽子だの肩だのを撫でゝみると、夥《おびただ》し

い露が降りてゐる。成る程《なほど》、これでは冷える訳だ、かうして二時間もうづくまつてゐたら、風邪を引いてしまふかも知れない。だが庄造は、台所の方から魚を焼く匂が匂つて来るので、リ、ーがあれを嗅ぎ付けて何処かゝら帰つて来さうな気がして、異様な緊張を覚えるのであつた。彼は小さな声を出して、「リ、ーや、リ、ーや」と呼んでみた。何か、あの家の人達には分らないで、猫にだけ分る合図の方法はないものかとも思つたりした。彼がつくばつてゐる叢の前の方に、葛の葉が一杯に繁つてゐて、その葉の中でとき〴〵ピカリと光るものがあるのは、多分夜露の玉か何かが遠くの方の電燈に反射してゐるせゐなのだけれども、さうと知りつゝ、その度毎に猫の眼か知らんとはつと胸を躍らせた。……あ、リ、ーかな、やれ嬉しや！　さう思つた途端に動悸が搏《う》ち出して、鳩尾《みぞおち》の辺がヒヤリとして、次の瞬間に直ぐ又がつかりさせられる。かう云ふと可笑《おか》しな話だけれども、まだ庄造はこんなヤキモキした心持を人間に対してさへ感じたことはないのであつた。せい〴〵カフェエの女を相手に遊んだぐらゐが関の山で、恋愛らしい経験と云へば、前の女房の眼を掠《かす》めて福子と逢引してゐた時代の、楽しいやうな、愡《じ》れつたいやうな、変にわく〳〵した、落ち着かない気分、――――まあぁれぐらゐなものなのだが、それでもあれは両方の親が内々で手引をしてくれ、品子の手前を巧く胡麻化してくれたので、無理な首尾をする必要もなく、夜露に打たれてアンパンを咬るやうな苦労をしないでもよかつたのだから、それだけ真剣味に乏しく、逢ひたさ見たさもこんなに一途《いちず》ではなかつたのであつた。

庄造は、母親からも女房からも自分が子供扱ひにされ、一本立ちの出来ない低能児のやうに見做《みな》されるのが、非常に不服なのであるが、さればと云つてその不服を聴いてくれる友達もなく、悶々の情を胸の中に納めてゐると、何となく独りぽつちな、頼りない感じが湧いて来るので、そのために尚リヽーを愛してゐたのである。実際、品子にも、福子にも、母親にも分つて貰へない淋しい気持を、あの哀愁に充ちたリヽーの眼だけがほんたうに見抜いて、慰めてくれるやうに思ひ、又あの猫が心の奥に持つてゐながら、人間に向つて云ひ現はす術《すべ》を知らない畜生の悲しみと云ふやうなものを、自分だけは読み取ることが出来る気がしてゐたのであつたが、それがお互ひに別れ〳〵にされてしまつて四十余日になるのである。そして一時は、もうそのことを考へないやうに、なるべく早くあきらめるやうに努めたことも事実だけれども、母や女房への不平が溜つて、その鬱憤の遣り場がなくなつて来るに従ひ、いつか再び強い憧れが頭を擡《もた》げて、抑へきれなくなつたのであつた。全く、庄造の身になつてみると、あゝ云ふ厳しい足止めをされて、出るにも入るにも干渉を受けたのでは、却《かえ》つて恋ひしさを焚《た》き付けられるやうなもので、忘れようにも忘れる暇がなかつたのであるが、それにもう一つ気になつたのは、あれきり塚本から何の報告もないことであつた。あんなに約束しておきながら、どうして何とも云つて来てくれないのか。仕事が忙しいのなら已《や》むを得ないが、ひよつとするとさうでなく、彼に心配させまいとして、何か隠してゐるのではないか。たとへば品子にいぢめられて、食ふや食はずでゐるためにひどく衰弱してしまつたとか、逃げて出たきり行衛《ゆくえ》不明になつたとか、病死したとか、云ふやうなことがあるのではないか。あれから此方、庄造はよくそんな夢を見て、夜中にはつと眼を覚ますと、何処かで「ニヤア」と啼いてゐるやうに思へるので、便所へ行くやうな風をしながら、そうつと起きて雨戸を開けてみたことも、一度や二度ではないのであるが、あまりたび／＼さう云ふ幻に欺《あざむ》かれると、今聞いた声や夢に見た姿は、リヽーの幽霊なのではないか、逃げて来る路《みち》で野たれ死にをして、魂だけが戻つたのではないのかと、そんな気がして、ぞうつと身ぶるひが出たこともある。だが又、いくら品子が意地の悪い女でも、塚本が無責任でも、まさかリヽーに変つたことが起つたら黙つてゐる筈もあるまいから、便りのないのは無事に暮らしてゐる証拠なのだと、不吉な想像が浮かぶたびに打ち消し／＼して来たのであるが、それでも感心に女房の云ひつけを忠実に守つて、一度も六甲の方角へ足を向けたことがなかつたと云ふのは、監視が厳しかつたばかりでなく、品子の網に引つかゝるのが不愉快だからであつた。彼にはリヽーを引き取つた品子の真意と云ふものが、今でもハツキリしないのだけれども、事に依つたら、塚本が報告を怠つてゐるのも品子のさしがねではないのか、彼奴《あいつ》はさう云ふ風にしてわざと己に気を揉ませて、おびき寄せようと云ふ腹ではないのかと、そんな邪推もされるので、リヽーの安否を確かめたいと願ふ一方、見す／＼彼奴の罠に篏《は》まつて溜るものかと云ふ反感が、それと同じくらゐ強かつたのであつた。彼は何とかしてリヽーには会ひたいが、品子に掴まることはイヤで溜らなかつた。「とう〳〵やつて来ましたね」と、彼奴がへんに利口ぶつて、得意の鼻をうごめかすかと思ふと、もうその顔つきを浮かべたゞけでムシヅが走つた。元来庄造には彼一流の狡《ずる》さがあつて、いかにも気の弱い、他人の云ふなり次第になる人間のやうに見られてゐるのを、巧みに利用するのであるが、品子を追ひ出したのが矢張その手で、表面はおりんや福子に操られた形であるけれども、その実誰よりも彼が一番彼女を嫌つてゐたかも知れない。そして庄造は、今考へても、いゝことをした、いゝ気味だつたと思ふばかりで、不憫《ふびん》と云ふ感じは少しも起らないのであつた。

現に品子は、電燈のともつてゐる二階のガラス窓の中にゐるのに違ひないのだが、雑草のかげにつくばひながらじつとその灯を見上げてゐると、又してもあの、人を小馬鹿にしたやうな、賢女振つた顔が眼先にちらついて、胸糞が悪くなつて来る。折角こゝまで来たのであ

るから、せめて「ニヤア」と云ふなつかしい声を余所《よそ》ながらでも聞いて帰りたい、無事に飼はれてゐることが分りさへしたら、それだけでも安心であるし、こゝへ来た念が届くのであるから、いつそのことそうつと裏口を覗いてみたら、………アハよく行つたら、初子をこつそり呼び出して、おみやげの鶏《かしわ》の肉を渡して、近状を聞かして貰つたら、………と、さう思ふのであるが、あの窓の灯を見て、あの顔を心に描くと、足がすくんでしまふのである。うつかりそんな真似をしたら、初子がどう云ふ感違ひをして、二階の姉を呼びに行かないものでもないし、少くとも後でしやべることは確かであるから、「そろ〳〵計略が図に中《あた》つて来た」などと、己惚れるだけでも癪《しやく》に触る。とすると、矢張此の空地に根気よくうづくまつてゐて、リヽーがこゝを通りかゝる偶然の機会を捉へるより外はないのであるが、しかし今迄待つて駄目なら、とても今夜は覚《おぼ》つかない。庄造はもう、袋の中のアンパンをみんな食べてしまつた。そしてさつきから一時間半ぐらゐは経つたやうな気がするので、だん〳〵家の方の首尾が心配になつて来た。母親だけなら面倒はないが、福子が先に帰つて来てゐたら、今夜一と晩ぢゆう寝かして貰へないで、痣《あざ》だらけにされる。それもいゝけれども、又明日から監視が厳重になる。だが、一時間半も待つあひだに微《かす》かな啼きごゑも洩れて来ないのは、何だか変だ、ひよつとしたら、此の間からたび〳〵見た夢が正夢で、もう此の家にゐないのではないか。さつき魚を焼く匂がした時が一家の夕飯だつたとすると、リヽーもあの時何かしら与へられるであらうし、さうすればきつと草を食べに出て来るのだが、来ないのを見るとどうも怪しい。………

庄造は、とう〳〵怺《こら》へきれなくなつて、雑草の中から身を起すと、裏木戸の際《きわ》まで忍んで行つて、隙間へ顔をあてゝみた。と、階下《した》はすつかり雨戸が締まつてゐて、子供を寝かしつけてゐるらしい初子の声がとぎれ〳〵に聞えて来る外には、何の物音もしない。二階のガラス障子にでも、ほんの一瞬間でいゝからさつと影が写つてくれたらどんなに嬉しいか知れないのに、ガラスの向うに白いカーテンが静かに垂れてゐるばかりで、その上の方が薄暗く、下の方が明るくなつてゐるのは、品子が電燈を低く下して、夜作《よなべ》をしてゐるのであらう。ふと庄造は、あかりの下で一心に針を運びつゝある彼女の傍《そば》に、リヽーがおとなしく背中を円めて、「の」の字なりに臥《ね》ころびながら、安らかな眠を貪《むさぼ》つてゐる平和な光景を眼前に浮かべた。秋の夜長の、またゝきもせぬ電燈の光が、リヽーと彼女とたゞ二人だけを一つ圏《わ》の中に包んでゐる外は、天井の方までぼうつと暗くなつてゐる室内。………夜が次第に更けて行く中で、猫はかすかに鼾《いびき》を掻き、人は黙々と縫ひ物をしてゐる、侘びしいながらもしんみりとした場面。………あのガラス窓の中に、さう云ふ世界が繰りひろげられてゐるとしたら、――何か奇蹟的なことが起つて、リヽーと彼女とがすつかり仲好しになつてゐたとしたら、――もしほんたうにそんな光景を見せられたら、焼餅を焼かずにゐられるだらうか。正直のところ、リヽーが昔を忘れてしまつて現状に満足してゐられても、矢張腹が立つであらうし、さうかと云つて、虐待されてゐたり死んでゐたりしたのでは尚悲しいし、孰方にしても気が晴れることはないのだから、いつそ何も聞かない方がいゝかも知れない。庄造は、途端《とたん》に階下の柱時計が「ぼん、……」と、半を打つのを聞いた。七時半だ、――と思ふと、彼は誰かに突き飛ばされたやうに腰を浮かしたが、二た足三足行つてから引つ返して来て、まだ大事さうに懐に入れてゐた筍の皮包を取り出すと、それを木戸口や、五味箱の上や、彼方此方へ持つて行つてウロ〳〵した。何処か、リヽーだけが気が付いてくれるやうな所へ置いて行きたいが、叢の中では犬に嗅ぎ付けられさうだし、此の辺へ置いたら家の者が見つけるであらうし、巧い方法はないか知らん。いや、もうそんなことに構つてはゐられぬ。遅くも今から三十分以内に帰らなかつたら、又一と騒ぎ起るかも知れぬ。「あんた、今まで何してゝん!」――と、さう云ふ声が俄《にわ》かに耳のハタで聞えて、福子のイキリ立つた剣幕があり〳〵と見える。彼は慌てゝ葛の葉の繁つてゐる間へ、筍の皮を開いて置いて、両端へ小石を載せて、又その上から適当に葉を被《かぶ》せた。そして空地を横ッ飛びに、自転車を預けた茶屋のところまで夢中で走つた。

その晩、庄造よりも二時間程おくれて帰つて来た福子は、弟を連れて拳闘を見に行つた話などをして、ひどく機嫌が好かつた。そして明くる日、少し早めに夕飯を済ますと、

「神戸へ行かして貰ひまつせ。」

と、夫婦で新開地の聚楽館《じゆらくかん》へ出かけた。

おりんの経験だと、福子はいつも今津の家へ行つて来た当座、つまり懐《ふところ》にお小遣のある五六日か一週間のあひだと云ふものは、きまつて機嫌がいゝのである。此のあひだに彼女は盛んに無駄使ひをして、活動や歌劇見物などにも、二度ぐらゐは庄造を誘つて行く。従つて夫婦仲も睦じく、至極円満に治まつてゐるのだが、一週間目あたりからそろ〳〵懐が淋しくなつて、一日家でごろ〳〵しながら、間食《あいだぐ》ひをしたり雑誌を読んだりするやうになり出すと、とき〴〵亭主に口叱言《くちこごと》を云ふ。尤《もつと》も庄造も、女房の景気のいゝ時だけ忠実振りを発揮して、だん〳〵出るものが出なくなると、現金に態度を変へ、浮かぬ顔をして生《なま》返事《へんじ》をする癖があるのだが、結局双方から飛《と》ばつちりを食ふ母親が、一番割が悪いことになる。だからおりんは、福子が今津へ駈け付ける度に、やれ〳〵これで当分は安心だと思つて、内々ほつとするのであつた。

で、今度もちやうどさう云ふ平和な一週間が始まつてゐたが、神戸へ行つてから三四日たつた或る日の夕方、亭主と二人晩飯のチャブ台に向つてゐた福子は、

「こなひだの活動、ちよつとも面白いことあれへなんだなあ。」

と、自分も行ける口なので、ほんのり眼のふちへ酔ひを出しながら、

「――なあ、あんたどない思うた？」

と、さう云つて銚子を取り上げると、庄造がそれを引つたくるやうにして此方からさした。

「一つ行こ。」

「もう、あかん。………酔うたわ、わて。」

「まあ、行こ、もう一つ。………」

「家で飲んだかて、おいしいことあれへん。それより明日何処ぞへ行けへん？」

「えゝなあ、行きたいなあ。」

「まだお小遣ちよつとも使うてエへんねんで。………こなひだの晩、家で御飯たべて出て、活動見たゞけやつたやろ、そやさかいに、まだたあんと持つてるねん。」

「何処にせう、そしたら？………」

「宝塚、今月は何やつてるやろ？」

「歌劇かいな。――――」

後《あと》に旧温泉と云ふ楽しみはあるにしてからが、何だかもう一つ気が乗らない顔つきをした。

「――――そないにたんとお小遣あるのんやつたら、もつと面白いことないやろか。」

「何ぞ考へてエな。」

「紅葉見に行けへん？」

「箕面《みのお》かいな。」

「箕面はあかんねん、こなひだの水ですつくりやられてしもてん。それより僕、久し振りで有馬《ありま》へ行つてみたいねんけど、どうや、賛成せエへんか。」

「ほんに、………あれ、いつやつたやろ？」

「もうちやうど一年ぐらゐ……いや、さうやないわ、あの時河鹿《かじか》が啼いてたわ。」

「さうや、もう一年半になるで。」

それは二人が人目を忍ぶ仲になり出して間もない時分、或る日瀧道《たきみち》の終点で落ち合ひ、神有《しんゆう》電車で有馬へ行つて、御所《ごしょ》の坊《ぼう》の二階座敷で半日ばかり遊んで暮らしたことがあつたが、涼しい渓川《たにがわ》の音を聞きながら、ビールを飲んでは寝たり起きたりして過した、楽しかつた夏の日のことを、二人ともはつきり思ひ出した。

「そしたら、又御所の坊の二階にせうか。」

「夏より今の方がえゝで。紅葉見て、温泉に這入つて、ゆつくり晩の御飯食べて、――」

「さうせう、さうせう、もうそれにきめたわ。」

その明くる日は早お昼の予定であつたが、福子は朝の九時頃からぽつ〳〵身支度に取りかゝりながら、

「あんた、汚い頭やなあ。」

と、鏡の中から庄造に云つた。

「さうかも知れん、もう半月ほど床屋へ行けへんさかいにな。」

「そしたら大急ぎで行つて来なはれ、今から三十分以内に。――」

「そらえらいこツちや。」

「そんな頭してたら、わてよう一緒に歩かんわ。――早うしなはれ！」

庄造は、女房が渡してくれた一円札を、左の手に持つてヒラ〳〵させながら、自分の店から半丁程東にある床屋の前まで駈けて行つたが、いゝあんばいに客が一人も来てゐないので、

「早いとこ頼みまつさ。」

と、奥から出て来た親方に云つた。

「何処ぞ行きはりまんのんか。」

「有馬へ紅葉見に行きまんね。」

「そら宜《よろ》しおまんなあ、奥さんも一緒だつか？」

「さうだんね。――早お昼たべて出かけるさかい、三十分で頭刈つて来なはれ云はれてまんね。」

が、それから三十分過ぎた時分、

「お楽しみだんなあ、ゆつくり行つて来なはれ。」

と、背中から親方が浴びせる言葉を聞き流して、家の前まで戻つて来て、何心なく店へ一と足踏み込むと、そのまゝ土間に立ちすくんでしまつた。

「なあ、お母さん、何で今日までそれ隠してはりましてん。………」

と、突然さう云ふたゞならぬ声が奥から聞えて来たからである。

「……何でそんなことがあつたら、わてに云うとくなはれしまへん。……そしたらお母さん、わての味方してるみたいに見せかけといて、いつもそんなことさせてはつたんと違ひまつか。……」

福子が大分お冠《かんむり》を曲げてゐるらしいことは甲高《かんだか》い物の云ひ方で分る。母親の方は明かに遣り込められてゐる様子で、たまに一と言二た言ぐらゐ口返答をするけれども、胡麻化すやうにコソ〳〵と云ふので、よく聞えない。福子の怒鳴る声ばかりが筒抜けに響いて来るのである。

「……何？　行つたとは限らん？……阿呆らしい！　人の家の台所借つて、鶏《かしわ》の肉煮《た》いたりして、リ、ーの所《とこ》やなかつたら、何所《どこ》へ持つて行きまんね。……それにしたかて、あの提灯《ちようちん》持つて帰つて、あんな所に直してあつたこと、お母さん知つたはりましたんやろ？……」

彼女が母親を摑まへて、あんなキン〳〵した声を張り上げることはめつたにないのだが、しかしたつた今、彼が床屋へ行つてゐた僅かな間に、どうやら先日の国粋堂が、あの時の立て換へと古提灯とを取り返しに来たのだと見える。ありていに云ふと、あの晩庄造はあの提灯を自転車の先にぶら下げて帰つて、福子に見咎《みとが》められないやうに、物置小屋の棚の上に押し上げて置いたのであるが、お袋には見当がついてゐた筈だから、出して渡してやつたのかも知れない。だが国粋堂は、いつでもい、やうにと云つてゐながら、何で取り返しに来たのだらう。まさかあんな古提灯が惜しいこともあるまいに、此の辺についでゞもあつたのだらうか。それとも二十銭を借りつ放しにされたのが、腹が立つたのだらうか。それに又、親父が来たのか、小僧が来たのか知らないが、鶏《かしわ》の話までして行かないでもいゝではないか。

「………わてはなあ、相手がリ、ーだけやつたら、何もうるさいこと云へしまへんで。リ、ーに会ひに行く云うても、リ、ーだけやあれへんさかいに、云ひまんねんで。いつたいお母さん、あの人とグルになつて、わてを欺《だま》すやうなことして、済むと思うたはりまんのんか。」

さう云はれると、流石《さすが》のおりんもグウの音も出ないで、小さくなつてゐるのであるが、悴の代りに怒られてゐるのは可哀さうのやうでもあり、一寸いゝ気味のやうでもある。何にしても庄造は、自分がゐたら中々福子の怒り方が此のくらゐでは済むまいと思ふと、危《あやう》く虎口《ここう》を逃れた気がして、スハといへば戸外《おもて》へ飛び出せるやうに、身構へをしながら立つてゐると、

「………いゝえ、分つてま！　あの人六甲へ遣つたりして、今度はわてを追ひ出す相談してなはるねん。」

と、云ふのにつゞいてどたんと云ふ物音がして、

「待ちいな！」

「放しとくなはれ！」

「さうかて、何処へ行くねんな。」

「お父さん所《とこ》へ行つて来ます、わての云ふことが無理か、お母さんの云ふことが無理か、——」

「ま、今庄造が戻るさかいに——」

どたん、どたん、と、二人が盛んに争ひながら店の方へ出て来さうなので、慌てゝ庄造は往来へ逃げ延びて、五六丁の距離を夢中で走つた。それきり後がどうなつたことやら分らなかつたが、気が付いてみると、いつか自分は新国道のバスの停留所の前に来て、さつき床屋で受け取つた釣銭の銀貨を、まだしつかりと手の中に握つてゐた。

ちやうどその日の午後一時頃、品子が朝のうちに仕上げた縫物を、近所まで届けて来ると云つて、不断着の上に毛糸のショールを引つかけて、小走りに裏口から出て行つたあと、初子がひとり台所で働いてゐると、そこの障子をごそッと一尺ばかり開けて、せい〳〵息を切らしながら庄造が中を覗き込んだので、

「あらッ」

と、飛び上りさうにすると、ピョコンと一つお時儀《じぎ》をしながら笑つてみせて、

「初ちやん、………」

と云つてから、後ろの方に気を配りつゝ急にひそ〱声になつて、

「………あの、今此処から品子出て行きましたやろ?」

と、セカ〱した早口で云つた。

「………僕今そこで会うてんけど、品子は気イ付けしまへなんだ。僕あのポプラーの蔭に隠れてましたよつてにな。」

「何ぞ姉さんに用だつか?」

「滅相《めつそう》な! リ、ーに会ひに来ましてんが。―――」

そして、そこから庄造の言葉は、さも思ひ余つた、哀れつぽい切ない声に変つた。

「なあ、初ちやん、あの猫何処にいてます?………済んまへんけど、ほんのちよつとでえゝさかい、会はしとくなはれ!」

「何処ぞ、その辺にいてしまへんか。」

「そない思うて、僕此の近所うろ〱して、もう二時間も彼処に立つてましてんけど、ちよつとも出て来よれしまへんねん。」

「そしたら、二階にいてるかしらん?」

「品子もう直ぐ戻りまつしやろか? 今頃何処へ行きましたんや?」

「ほんそこまで仕立物届けに。―――二三丁の所だすよつて、直ぐ帰りまつせ。」

「あゝ、どうしよう、あゝ困つた。」

さう云つて仰山に体をゆすぶつて、地団駄《じだんだ》を踏みながら、

「なあ、初ちやん、頼みます、此の通りや。――――」

と、手を擦り合はせて拝む真似をした。

「――――後生一生のお願ひだす、今の間に連れて来とくなはれ。」

「会うて、どないしやはりまんね。」

「どうもかうもせえしまへん。無事な顔一と眼見せてもろたら、気が済みまんねん。」

「連れて帰りはれしまへんやろなあ？」

「そんなことしまつかいな。今日見せてもろたら、もうこれつきり来《け》えしまへん。」

初子は呆れた顔をして、穴の明くほど庄造を視詰めてゐたが、何と思つたか黙つて二階へ上つて行つて、直ぐ段梯子の中段まで戻つて来ると、

「いてまつせ。――――」

と、台所の方へ首だけ突ん出した。

「いてまつか？」

「わて、よう抱きまへんよつて、見に来とくなはれ。」

「行つても大事おまへんやろか。」

「直《す》ぐ降りとくなはれや。」

「宜《よろ》しおま。――――そしたら、上らして貰ひまつさ。」

「早いことしなはれ！」

庄造は、狭い、急な段梯子を上る間《ま》も胸がドキ〳〵した。やう〳〵日頃の思ひが叶つて、会ふことが出来るのは嬉しいけれども、どんな風に変つてゐるだらうか。野たれ死にもせず、行くへ不明にもならないで、無事に此の家《や》にゐてくれたのは有難いが、虐待されて、痩せ衰へてゐなければいゝが、……まさか一と月半の間に忘れる筈はないだらうけれど、なつかしさうに傍へ寄つて来てくれるか知らん？　それとも例の、羞渋《はにか》んで逃げて行くか知らん？……蘆屋の時代に、二三日家を空けたあとで帰つて来ると、もう何処へも行かせまいとして、縋《すが》り着いたり舐め廻したりしたものであつたが、もしもあんな風にされたら、それを振り切るのに又もう一度辛い思ひをしなければならない。……

「此処だつせ。――」

晴れ〳〵とした午後の外光を遮つて、窓のカーテンが締まつてゐるのは、大方用心深い品子が出て行く時にさうしたのであらうか。――そのために室内がもや〳〵と翳《かげ》つて、薄暗くなつてゐる中に、信楽焼《しがらきやき》のナマコの火鉢が置いてあつて、なつかしいリヽーはその傍に、座布団を重ねて敷いて、前脚を腹の下へ折り込んで、背を円くしながらうつら〳〵眼をつぶつてゐた。案じた程に痩せてもゐないし、毛なみもつや〳〵としてゐるのは、相当に優遇されてゐるからであらう。思つたよりも大事にされてゐる証拠には、彼女のために専用の座布団が二枚も設けてあるばかりではない、たつた今、お昼の御馳走に生卵を貰つたと見えて、きれいに食べ尽した御飯のお皿と、卵の殻とが、新聞紙に載せて部屋の片隅に寄せてあり、又その横には、蘆屋時代と同じやうなフンシさへ置いてあるのである。と、突然庄造は、久しい間忘れてゐたあの特有の匂を嗅いだ。嘗《かつ》て我が家の柱にも壁にも床にも天井にも沁み込んでゐたあの匂が、今は此の部屋に籠つてゐるのであつた。彼は悲しみがこみ上げて来て、

「リ、ー、………」

と覚えず濁声《だみごえ》を挙げた。するとリ、ーはやう〳〵それが聞えたのか、どんよりとした慵《もの》げな瞳を開けて、庄造の方へひどく無愛想な一瞥《いちべつ》を投げたが、たゞそれだけで、何の感動も

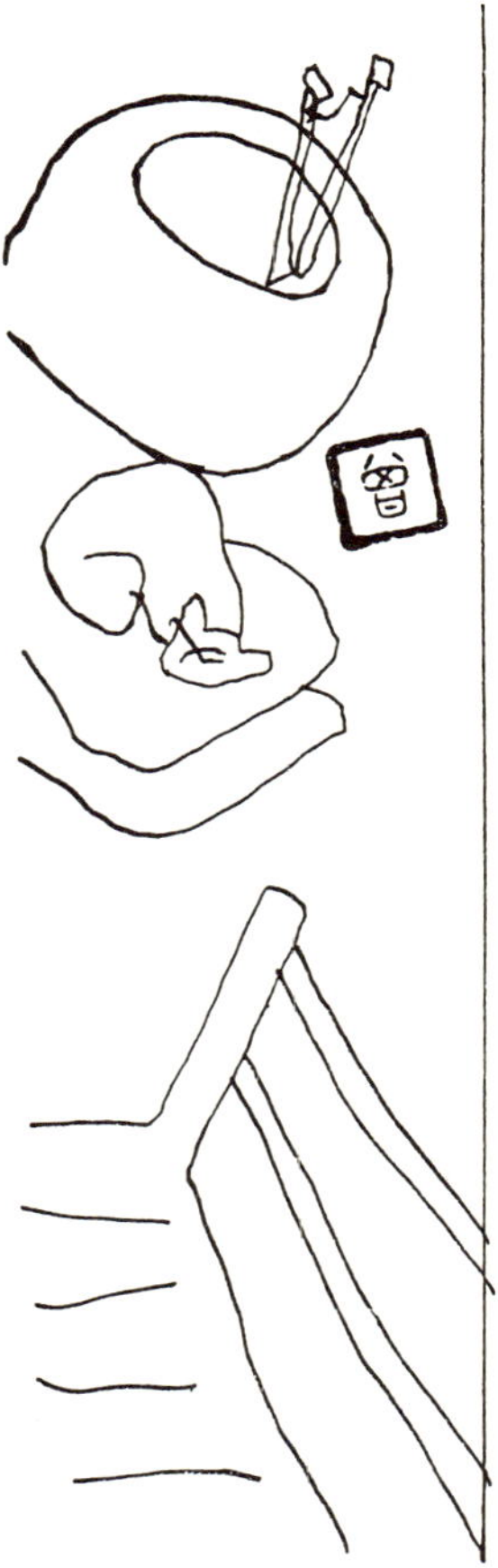

示さなかつた。彼女は再び、前脚を一層深く折り曲げ、背筋の皮と耳朶《じだ》とをブルン！と寒さうに痙攣させて、睡《ねむ》くて溜《たま》らぬと云ふやうに眼を閉ぢてしまつた。

今日はお天気がいゝ代りに、空気が冷え〳〵と身に沁むやうな日であるから、リヽーにしたら火鉢の傍を離れるのがイヤなのであらう。それに胃の腑がふくらんでゐるので、尚更《なおさら》大儀なのでもあらう。此の動物の無精な性質を呑み込んでゐる庄造は、かう云ふそつけない態度には馴れてゐるので、格別訝《あや》しみはしなかつたが、でも気のせいか、その夥《おびただ》しく眼やにの溜つた眼のふちだの、妙にしよんぼりとうづくまつてゐる姿勢だのを見ると、僅かばかり会はなかつた間に、又いちじるしく老いぼれて、影が薄くなつたやうに思へた。分けても彼の心を打つたのは、今の瞳の表情であつた。在来とてもこんな場合に睡さうな眼をしたとは云へ、今日のはまるで行路病者《こうろびょうしゃ》のそれのやうな、精《せい》も根《こん》も涸《か》れ果てた、疲労しきつた色を浮かべてゐるではないか。

「もう覚えてエしまへんで。——畜生だんなあ。」

「阿呆らしい、人が見てたらあないに空惚《そらとぼ》けまんねんが。」

「さうだつしやろか。………」

「さうだんが。………そやさかいに、………済んまへんけど、ほんちよつとの間《ま》、初ちやん此処に待つてゝくれて、此の襖《ふすま》締めさしとくなはれしまへんか。………」

「そないにして、何しやはりまんね。」

「何もせえしまへん。………たゞ、あの、ちよつと、………膝の上に抱いてやりまんねん。………」

「さうかて、姉さん帰つて来まつせ。」

「そしたら、初ちやん、そつちの部屋から門《かど》見張つてゝ、見えたら直ぐに知らしとくなはれ。頼みまつさ。………」

襖に手をかけてさう云つてゐるうちに、もう庄造はずる／＼と部屋へ這入つて、初子を外へ締め出してしまつた。そして、

「リ、ー」

と云ひながら、その前へ行つて、さし向ひにすわつた。
リ、ーは最初、折角《せつかく》昼寝してゐるのにうるさい！　と云ふやうな横着さうな眼をしばだたいたが、彼が眼やにを拭いてやつたり、膝の上に乗せてやつたり、頸すぢを撫でゝやつたりすると、格別嫌な顔もしないで、される通りになつてゐて、暫くするうちに咽喉《のど》をゴロ／＼鳴らし始めた。
「リ、ーや、どうした？　体の工合悪いことないか？　毎日々々、可愛がつてもろてるか？———」

庄造は、今にリ、ーが昔のいちやつきを思ひ出して、頭を押し着けに来てくれるか、顔を舐め廻しに来てくれるかと、一生懸命いろ／＼の言葉を浴びせかけたが、リ、ーは何を云

はれても、相変らず眼をつぶつたまゝ、ゴロ〳〵云つてゐるだけであつた。それでも彼は背中の皮を根気よく撫でゝやりながら、少し心を落ち着けて此の部屋の中を眺めてみると、あの几帳面《きちようめん》で癇性《かんしよう》な品子の遣り方が、ほんの些細な端々《はしばし》にもよく現はれてゐるやうに感じた。たとへば彼女は、僅か二三分の間留守にするにも、ちやんとかうしてカーテンを締めて行くのである。のみならず此の四畳半の室内に、鏡台だの、簞笥だの、裁縫の道具だの、猫の食器だの、便器だの、さま〴〵なものを並べて置きながら、それらが一糸乱れずに、それ〴〵整然と片寄せられて、鏝《こて》の突き刺してある火鉢の中を覗いてみても、炭火を深くいけ込んだ上に、灰が綺麗に筋目を立てゝならしてあり、三徳の上に載せてある瀬戸引の薬罐《やかん》までが、研ぎ立てたやうにピカ〳〵光つてゐるのである。が、それはまあ不思議はないとしても、奇妙なのはあの皿に残つてゐる卵の殼だつた。彼女は自分で食《く》ひ扶持《ぶち》を稼いでゐるので、決して楽ではないであらうに、貧しい中でもリヽーに滋養分を与へると見える。いや、さう云へば、彼女が自分で敷いてゐる座布団に比べて、リヽーの座布団の綿の厚いことはどうだ。いつたい彼女は何と思つて、あんなに憎んでゐた猫を大事にする気になつたのであらう。

考へてみると庄造は、云はゞ自分の心がらから前の女房を追ひ出してしまひ、此の猫にまでも数々の苦労をかけるばかりか、今朝は自分が我が家の閾《しきい》を跨《また》ぐことが出来ないで、ついふら〳〵と此処へやつて来たのであるが、此のゴロ〳〵云ふ音を聞きながら、咽《む》せるやうなフンシの匂を嗅いでゐると、何となく胸が一杯になつて、品子も、リ、ーも、可哀さうには違ひないけれども、誰にもまして可哀さうなのは自分ではないか、自分こそほんたうの宿なしではないかと、さう思はれて来るのであつた。

と、その時ばた〳〵と足音がして、

「姉さんもうついそこの角まで来てまつせ。」

と、初子が慌しく襖を開けた。

「えツ、そら大変や！」

「裏から出たらあきまへん！………表へ、………表へ廻んなはれ！………穿《は》き物《もの》わてが持つて行《い》たげる！　早よ！　早よ！」

彼は転げるやうに段梯子を駈け下りて、表玄関へ飛んで行つて、初子が土間へ投げてくれた板草履を突つかけた。そして往来へ飛び出た途端に、チラと品子の後影が、一と足違ひで裏口の方へ曲つて行つたのが眼に留まると、恐い物にでも追はれるやうに反対の方角へ一散に走つた。

（昭和十一年一月号、七月号「改造」）

ドリス

ドリスと云ふ美女、並びに同じ名の波斯猫《ペルシヤねこ》のこと

挿画　中川修造

その一

いったい亜米利加《アメリカ》の女と云《い》ふものは、こんなにも技巧の限りを尽して美人になりたがつてゐるのだらうかと、さう思ひながら彼はさつきから「モウション・ピクチユア・クラシツク」の広告欄を読んでゐた。膝の上には猫のドリスがごろごろ喉《のど》を鳴らしてゐたが、それをあやすことは忘れてしまつて、彼は全く広告の方に夢中であつた。「十五日間にて美しき血色となる」と云ふ見出しの下に美人の写真が附いてゐて、その文句には斯《こ》う書いてある。——

貴女《きじよ》の顔面より吹き出物、黒頭《こくとう》、白頭《はくとう》、赤色の斑点《はんてん》、拡大されたる毛孔《もうこう》、脂《あぶら》じみたる皮膚、及びその他の汚点をきれいに除去せらるべし。妾《わらわ》は貴女に、貴女が渇仰《かつぎよう》せらるるものより更《さら》に以上の、柔軟にして薔薇の如き、清楚にして天鵞絨《びろうど》の如き血色を与ふるを得。而《しか》も妾は僅《わず》かの日数にてなすことを得る也。妾の方法は独特にして、コスメチツク、洗滌剤《せんじようざい》、軟膏、石鹼、塗り薬、硬膏、繃帯《ほうたい》、マスク、蒸気噴出、マツサアヂ、ローラー、或はその他の器具を用ゐず。飲食の制限、断食等の必要なし。最も繊弱なる皮膚に施すも障害を起さず。御通知次第無代価にて小冊子を進呈す。決して御心配に及ばず。金銭無用。直《ただ》ちに事実を得られよ。――シカゴ、ミシガン・ビルディング六四六、ドロシー・レー。

此《こ》れで見ると亜米利加の女どもは美人になりたさに断食をしたり、コスメチック、洗滌剤以下、ローラーに至る迄のあらゆる器具を使つたりするのが、普通のことであるやうに思へる。「たるんだ顔」と云ふ題の下には、又こんな記事が書いてある。――

下垂せる口、頬、二重頤は貴女《きじよ》を老人の如く見せしむ。皺《しわ》とたるみとはあらゆる婦人の生命を衰亡に導くもの也。何故《なにゆえ》にそれらを除去せざるや？「マアヴエル・リフタアス」は立ちどころに貴女の顔面に青春を持ち来たすべし、――外科的手段より有効に、――一生涯継続す、――断髪にても長髪にても着用可能、――他人に探知せらるることなし、――貴女がそれを貴女の顔面に取り附けられたる瞬間に奇蹟起らん、――貴女は貴女が二十歳の時の若々しき外貌を回復せん、――「マアヴエル・リフタアス」は滑り落ちることなし、――顔面のセメント質がそれを支へ、貴女が取り外さんと欲する時まで保持せらるべし。定価三弗《ドル》。保証附。然《しか》らざれば代金を返附す。――

カリフオルニア、ロス・アンジエルス、九番街、リユシル・フランシス製造会社。

「リフタア」とはどう云ふものか想像もつかないが、「吊り上げるもの」と云ふ意味だらうから、日本の俳優が鬘《かつら》の下へ貼る羽二重《はぶたえ》のやうなものだらうか。しかし「顔面のセメント質が支へる」とあるから、さうでもないらしい。ちよつと見ては分らないやうに、巧く拵《こしら》へた膏薬ででもあるのか知らん。「如何にして二重頤を除き、或は防ぐべきか」と云ふ一ページ大の広告には、女が頭から革紐のやうなもので頤を吊つてゐる写真が出てゐて、「デエヴィス式頤吊り器はあなたが眠つていらつしやる間、常にそうツとあなたの顔面筋肉を支へてをります。それは青春の美しい輪廓を再び得させるばかりでなく、口で呼吸をすることを防ぎます。円い、滑らない頭部の附いてゐる簡単な頤吊り器です。木綿で出来てゐて、手袋のやうにぴつたりと嵌《は》まり、ハンケチのやうに訳なく洗へます」とある。さうして本文に、——

デエヴィス式頤吊り器は万人の知れるところ。数千の婦人は二重頤を治し、壮年期の潑剌たる外貌に復《ふく》せんがため一般に之を使用し、最も効果あることを認む。妾《わらわ》は有名なる紐育《ニユウヨーク》の一化学者と協力して数箇月の研究を積み、今や新たに若返り用クリームと皮膚収斂剤とを加へ、デエヴィス式頤吊り器の作用を一層改良し、増大することを得たり。

………

それからまだ長々と効能書きや使用法が述べてあつて、代価は器具が二弗、若返り用クリームが一弗、収斂剤が一弗。発売元紐育五番街五〇七、コーラ・エム・デエヴィス。―――ずゐぶん人を馬鹿にしたもんだが、譃《うそ》が半分としてみたところで幾らか利き目があるのだらうか。こんな大きな広告をして引き合ふのだとすると、それ相当に買ひ手があるのに違ひなからう。

「ノートックス」として「自然が為せる如く毛髪を染める」と云ふ薬剤がある。「驚くべく迅速に、容易に胸廓を発達させるビュウティバスト」と云ふものがある。「事実に於いて胸部と頸部とを発達せしむ。ポンプ療法、真空療法、又は過激なる運動を用ゐず。愚劣なる、或ひは危険なる方法にあらず。試験を経たる事実にして、極めて愉快に、有益に、奏効確実なる自然的方法也。若《も》し貴女《きじよ》にして簡単なる規則を遵奉すれば断じて失敗することなし」ださうである。「新式の帯を以て腰部と臀部とを十秒間に若返らす」と云ふのが、此れも一ページ大の広告で、その帯を着けた女の全身像があり、「腰」と「臀」と云ふ字が素晴らしく大きく印刷されてゐる。

ああ、遂《つい》に！　驚くべき嶄新《ざんしん》なる科学的の帯は発見せられたり！　そは一瞬時に貴女の外形を改善し、貴女の腰と臀とを、殆んど見る間に若返らすべし。

「貴女の肉づきを改良せられよ。」――腕、脚、胸、若しくは全身にウォルタア博士のゴム締めを適用せらるべし。足頸を改良し、整形するためには足頸締めあり。足頸の寸法を申越されたし。定価一足七弗。ジュアンヌ・エー・ジー・ウォルタア博士。紐育五番街三八九。

「太き足頸は貴女の美を損ふ。貴女はきやしやなる足頸を所有するを得。」――リナア足頸締めは普通市場にある売品とその選を異にす。それは単に肉を圧縮するのみならず、事実に於いて脂肪を去り、次第に、而も確実に、膨脹せる部分を改良す。薬品もしくはクリームにあらず。紐にて結ぶ必要なし。特に整形用のために考案せられたる純精のゴム製にして、他人に窺知せらるることなく、靴下の下に心地よく着用せらる。穿《は》くにも脱ぐにも自在なること手袋の如し。――リナア製造会社、紐育五番街五〇三。

「若しも彼女の足頸がなかつたならば、彼女は美人であつたであらうに。」――たとへ容貌はいかに愛らしくとも、姿はいかに優雅なりとも、太き足頸を持てる婦人は真の美人たり難し。歩行せずして乗り物を用ふる近代の生活様式は、その代償として脂肪の堆積を購ひつつあり。此れは特に足頸に於いて顕著にして、無用なる脂肪組織が不恰好なる層を築き、自然のしなやかなる曲線を分厚に蔽ひ隠すに至る。マダム・ウイルマルト式療法の最も重要なる点は足頸整形用電気帯にして云々。定価二弗九十八仙《セント》。番外大型四弗九十八仙。紐育四十二番街、東十二号、マダム・ウイルマルト。

此の夥《おびただ》しい足頸に関する広告には、いづれも足頸の写真が這入つてゐるのであるが、「如何にして完全なる形の鼻を得べきや」と云ふところには、いろいろな恰好の鼻が列んでゐる。「今日の時勢に於いて、貴女が成功せんと欲せば貴女の容貌の牽引力は絶対に必要なりとす。貴女は社会が、大部分貴女の容貌に依つて貴女を判断することを発見すべし」と云ふやうな処世哲学を述べてから、さてその次ぎに、——

予が最近に大改良を施したる整鼻器、合衆国専売特許「トラドス、モデル二十五号」は、手術を用ゐずして迅速に、安全に、愉快に、永久に、すべての不正形なる鼻を正しくす。それは六箇の締め着け器具にて組み立てられ、軽き、光沢ある金属製にして、堅固に、心地よく各人の鼻に密着す。内側は上製羊皮にて被《おお》はれたれば、金属の部分は直接皮膚に触れることなし。夜間着用せば貴女が仕事の妨げとならず。実験者の証明書数千通手元にあり。——美容術師エム・トライルテイー、紐育ビンガムトン、アツケルマン・

ビルディング一九六五。

「貴女は完全なる鼻を得べし。」――専売特許整鼻器「アニタ」は奏効確実にして定価至廉也。貴女は天成の美を培ひ、能《あた》ふ限り外貌を研かるべし。万一貴女の鼻の形に欠点あらば、貴女は「アニタ」整鼻器を以て、日中の業務を妨ぐることなく、秘密に、貴女の室内に於いて、一二週間に完全に整形することを得。高価にして苦痛なる手術の要なし。「アニタ」整鼻器は貴女が眠りつつある間に、迅速に、苦痛なく、永久に、而《しか》も安価に治療するなり。「アニタ」整鼻器は独創的の鼻支へにして絶対保険附なり。歪み、もしくは挫けたる鼻に対し、医師より多大の推讃を博す。取り付け自在。ネヂを用ゐず。金具を用ゐず。肌触りよく、丈夫にして寸毫も不快を与へず。模造品に注意せられよ！御一報次第「幸福なる前途」と題する小冊子を無代にて贈呈す。――ニユジヤアシー、ニユウワアク、アニタ・ビルディング二二九、アニタ会社。

西洋人は獅子ッ鼻を喜ぶと見えて、此の「アニタ」整鼻器の広告には、唇の方を覗いてゐる鼻と、それが上向きに直ったところとが図に画いてある。大方こんなのは猶太人の女が買ふのであらう。

「四月の露の如く輝やく瞳」と云ふのがある。――

若き婦人は睫毛《まつげ》を美しくすることに依つて魅惑的なる眼を持つを得べし。「ウインクス」を以て睫毛を黒くせば、眼の表情は百倍も優らん。「ウインクス」は鬢《びん》の栓に附属するガラス製の棒を以て塗る。睫毛は長く、重く見ゆべし。直ちに秘密に乾燥す。障害なく、能《よ》く水に堪ふ。数日間有効。発汗、もしくは劇場に於いて泣くことあるも効力も変ぜず。定価七十五仙。（黒色と褐色の両種あり。）睫毛に栄養を与へ、その成長を促がすためには無色クリーム「ラッシユラックス」を夜間に用ふべし。クリーム「ラッシユラックス」定価五十仙。（黒色、褐色、無色。）紐育十七番街、西二四七号のB、ロッス会社。

「貴女も亦《また》、『メイベリン』を以て貴女の瞳を即座に美しくすることを得ん。」――ほんの少量の「メイベリン」は、軽き、短かき、薄き睫毛と眉毛とを、生れつき黒く、長く、豊かなるが如く見せしめ、斯《か》くしていかなる眼にも美観と、魅惑と、生き生きとしたる表情を与ふ。他の品と異り、絶対無害にしてニチヤニチヤせず、流れ出したり顔を汚したりすることとなし。その迅速なる効験は必ず貴女を喜ばすべし。至る所の美しき少女婦人達に愛用せらる。可愛らしき小函の中に鏡とブラシとを備ふ。ブロンド髪用褐色、ブリユネット髪用黒色の二種あり。――シカゴ、シエリダンロード四七五〇、メイベリン会社。

「当世娘の最新式睫毛美化法」――当世風の多くの娘たちの最近の発見は、その容貌に一層の美を加ふるところの、長く、濃く、光沢ある、縹渺《ひょうびょう》たる睫毛を作り出す化粧法なりとす。彼女達は新式にして容易に観破せられざる液体を用ふ。そは旧式の固形物と異り、使用簡便にして瞬時に乾燥す。睫毛を黒く、実際よりも二倍も長く、重く見せしむ。此の液体は水を弾くが故に涙にも汗にも作用せられず。流れ出し、汚きしみとなり、もしくは摩擦して消ゆる等のことなし。薬名「ラッシユブラウ」。我等は試験的に無代価を以て「ラッシユブラウ」溶液を贈呈し、同時に見本として眉毛と睫毛との成長を刺激する「ラッシユブラウ」ポマードを封入すべし。――紐育カナル街四一七、ラッシユブラウ実験室。

「如何にして唇の曲線を美化すべきか。」――トライルテイー氏新式唇整形器はその収斂性洗滌剤と共に、凸出せる唇、分厚に醜き唇を常態に復し、かくして貴女の容貌を百パーセントも美しくせん。此の新式器具は愉快にして取り附け自在、夜間に使用す。それは又呼吸のしかたを改善し、有害にして他人に迷惑なる鼾《いびき》の習慣を矯正す。――紐育ビンガムトン、トライルテイー。

「魔法手袋、――一夜にして貴女の手は白皙《はくせき》とならん。」――驚くべき科学的大発見！　イーガン博士の夜間用魔法手袋は、皮膚の荒れたる、赤くふくれたる、節くれ立ちたる手を、一夜のうちに白くしなやかに変化す。……試みにほんの一と晩着用せられよ。翌朝貴女は殆んど信じ難き程の一大変化を、貴女の手に於いて発見せん。三四回使用せらるれば貴女は一対の新しき手を持つに至らん。そは地質の中にある薬剤の働きにして、此の手袋は有名なるイーガン博士が完成せられたる溶液を含有するが故也。地質中の薬液は体温に依つて作用を起し、独特の効果を手に及ぼして、それを漂白し、柔軟ならしむ。手は白色に、――魅力ある自然の白色に、而《しか》して恰《あたか》も天鵞絨の如くすべすべと滑かにならん。……イーガン博士魔法手袋一と組は、薬剤応用手袋一対、イーガン博士「ポーアラックス」一と罎《びん》、手袋用薬液一と罎、イーガン博士著「手の衛生」一冊より成り、美麗なる函《はこ》に収めらる。「ポーアラックス」は手袋を着用せんとする時、予《あらかじ》め塗抹する特別のクリームにして、之を以て毛孔を開き、薬剤の作用を旺盛ならしむ。手袋用薬液は一定期間使用の後に手袋の寿命を回復するものとす。定価一と組五弗なれども特に今回は一弗九十五仙。シカゴ、ステート街、南二二〇、エス・ジエー・イーガン博士。

「丈高くなられよ！」――貴女の身長を増加せられよ！　簡単にして自然に、容易なる方法也。貴女の身長を増加し、貴女の姿態を美しくせん。御通知次第説明書を進呈す。――ニユウジヤアシー、アトランテイツクシテイー、自然的美容法研究所。

「わにまたを矯正せられよ。」――彎曲《わんきよく》せる脚や膝を持てる婦人たちよ、予は今や短時間に確実安全にわにまたを矯正し、脚を真つ直ぐにする新式器具を売り出したり。苦痛なく、手術を用ゐずして、効果は迅速に永久也。最新「わにまた矯正器」モデル十八号。合衆国専売特許品。夜間使用。取り付け自在。――シカゴ。メイフイールド街、北六五〇、チヤアレス・コールマン教授。

「貴女の足の趾《ゆび》を真つ直ぐにし、趾の股の贅肉を除去せられよ。」――恰好よき足は永久の愉快也。貴女の足を美しくせられよ。足趾完成ゼンマイ器具は、趾の節々が太くなり股に炎腫が生ずるところの真の原因を除くことを得。夜間使用。昼間用補助器付。足の寸法を御通知あれ。――紐育ブロードウエー一三二八、足専門業、シー・アール・アクフイールド。

「愛らしき足を持ち、当世風のきやしやな舞踏靴を穿《は》き給へ！」――「プレテイー・フイート」は安全に愉快に、何等の苦痛もなく、趾の股の贅肉を溶解すること保証附也。

膏薬にあらず。汚点を留めず。使用軽便。百発百中。御一報次第無代価にて試験用「プレティー・フィート」を郵送す。通信は秘密を厳守す。人目につかぬやう包装す。唯今直に申し越されよ。――シカゴ、ハアヴィー街一九〇一、世界的贅肉及び炎腫専門家、コンクリン教授。

「たこや豆に害はれざる完全なる足を持たれよ。」――流行と快感とは、足が素直に、心地よく、当世風のきやしやな舞踏靴にピッタリ篏まることを要求す。………貴女はそれらを最新式溶解剤「ペドダイン」を以て迅速に、無害に、愉快に除却することを得。………シカゴ、ラサル街、北一八六、ケイ実験室。

彼は「クラシック」と云ふ雑誌を、今日始めて見る訳でもないのに、いつも女優の写真にばかり見惚れてゐて、広告欄に注意しなかつたのは迂闊《うかつ》であつた。退屈紛れにそれらの記事を一つ一つ拾つて行くと、天下にこんな面白い読み物はないやうな気がする。近頃の日本の娘たちの憧がれの的が活動女優であるやうに、亜米利加に於いても少し器量のいい少女たちは、――いや、器量の悪い連中でも苟《いやし》くも女である限りは、――ハリーウッドを功名と栄達の天国のやうに夢想してゐることであらう。さう云ふ女たちが多ければこそ、此の馬鹿馬鹿しい広告が繁昌するのに違ひないが、まあそんなことはどうでもいい。此れを読んでゐると、能書《のうがき》通りの利き目が有る無しは別問題として、彼の頭にはいろいろな妄想が際限もなく湧くのである。兎《と》に角《かく》亜米利加と云ふ国では、女の白いしなやかな体を飴細工か粘土のやうに心得てゐるらしい。さうしてそれを、科学の力で自由に伸ばしたり縮めたり、好きなやうに捏《こ》ね廻すことが出来ると考へてゐるらしい。それが実に愉快ではないか。第一足の専門家だの、たこや豆の専門家だのと云ふ職業があるのが振つてゐる。睫毛の美容術師、鼻の美容術師、頤の美容術師、手、胸、臀の美容術師、――さうなつて来ると、美容術師は人形師と同じことだ。彼等は人形を造るやうに「女」を造る。造られる方の女たちも、自分で自分の肉体を、人形をでつち上げる材料のやうに取り扱ふ。あ、此処が少うし太り過ぎてゐるから、此処を二三寸削つてやらう、此処は凹み過ぎてゐるから、もうちつとふつくら盛り上げてやらうと云つた工合に、頭の先から足の趾の股にまで気を配つて、彼方此方をいぢくり返して、理想通りの型に鋳《い》ようと苦心をする。何事につけても人為的な技巧を用ゐたがる西洋人は、実際そんな風なんだらう。………

「ああ、さうか、此の間見た『アメリカン、ヴィナス』と云ふ映画にもそんなところがあつたつけな。」

と、彼はひとりでさう思ふのであつた。それは亜米利加ぢゆうの州と市とから、各《おのおの》その土地の代表的美女を選んで、ミッス・カリフオルニア、ミッス・ニユウヨークなどと名づけて、アトランテイック・シテイーへ送る。全国の美女が其処へ集まつて来た中で、最も美しい一人の乙女を選抜して、彼女をミッス・アメリカと名づける。それを選ぶには一定の標準があり、せいの高さがどのくらゐ、頸の太さがどのくらゐと云ふ風に、ちやんと極《き》まつてゐるのであるが、此処にセンタアヴィルと云ふ町の一人の乙女が、試験に応じようとする。彼女の体は何処を測つても示された標準に近いのである。たとへば胸廓が半インチ、腰の周りが四分の一インチと云ふくらゐしか違つてゐない。彼女は一人のマネエヂヤアの指揮に従つて、毎日いろいろな体操をして、とうとう標準にぴつたり一致する迄に四肢を鍛へる。………

「己《おれ》もあんな風なことがやつて見たいが、手近なところにさう云ふ女は居ないもんかな。居たらば己がマネエヂヤアになつてやるんだが。………」

彼は安楽椅子に凭《もた》れながら、果てしもない空想に耽つてゐた。ちやうど其の時、猫のドリスは主人の膝を這ひ下りて、部屋の中へ舞ひ込んで来た一匹の虻《あぶ》を追ひかけ始めた。

その二

「ドリスや、ドリスや、」

彼は再び膝の上へ載せようと思つて、手招きしながら呼んで見たが、ドリスはそれを耳にも入れず、子供が飛行機を見上げるやうに、天井に舞ふ虻の行くへを眺めてゐる。猫はいつでも、じーッと上の方を見る時に、その眼が最も悧巧《りこう》さうな輝きに充ち、愛くるしい感じを与へる。ドリスの眼は金色であつた。さうして明るい部屋の中には、五月の午後の日光が溢れてゐるので、彼女の瞳孔は正午の日時計のやうに縮まり、金盤の上に一《ひ》とすぢの線を引いたかの如く微《かす》かである。………が、茲《ここ》にドリスが普通世間にあるやうな凡庸な猫と間違はれないやうに、彼女がいかなる種類に属する動物であるかを、先に説明して置く必要があらう。――

英京倫敦《えいきようロンドン》に於ける「猫の展覧、交換、並びに競売場」から発行する「家庭的愛玩猫」と題する冊子の、千九百二十一年版に依《よ》ると、第二章「猫の種類とその性質」の中に、「長毛若《も》しくは波斯猫《ペルシヤねこ》」と云ふ一節がある。――

長毛（若しくは波斯）猫

嘗《かつ》て人は長毛猫なる部類の下に、波斯種、アンゴラ種、支那種、印度種、仏蘭西《フランス》種、露西亜《ロシア》種等の種目を挙ぐるを例としたり。然れども斯《かく》の如き繁多なる分類法は、分類よりも寧《むし》ろ混雑を来たすに止まる。のみならず、現今に於いては波斯種とアンゴラ種とを区別すること全然不可能にして、近代の研究家は、此の二つの名を以て同一の猫の異名なりと認めつつあり。

昔時《せきじ》多くの愛猫家は、長毛猫の或るものに「アンゴラ」なる名を用ふるに慣れ、その結果波斯猫とは全く異りたる一種類なりと目するに至りき。左様なる分類法がその頃は正しかりしや否やは知らざれども、現今はその名に該当するものなし。昔時のアンゴラなる称呼は、普通一般の愛猫語としては廃滅に帰したり。昔時アンゴラは毛、頭、耳、尾に就いて、波斯種とは異なるものと信ぜられき。——即《すなわ》ち前者は毛軟かく、頭の形一層角張り、耳には多量の毛の総《ふさ》ありて大きく見え、尾にも夥《おびただ》しき長毛毿々《さんさん》と垂れ下り、尾それ自身は末端尖りて細長きこと神前の蠟燭の如しとせられたりき。

現時の波斯猫は、大多数の愛猫家、並びに猫展覧会の訪問者に依り絶大の賞讃を博しつつあり。而して巧妙にしつけられたる、充分に発育せる典型的のものよりも、世に美しき動物はあることなし。波斯猫の毛色は白、黒、青、チンチラ（栗鼠色）、クリーム、オレンヂ、燻《いぶ》し、銀、まだら、鼈甲《べっこう》、或ひは白と鼈甲の交りなりとす。白波斯は多くの人の愛翫措《お》かざるところにして、その毛皮が一点の汚れなき純白の状態を維持する限り、誠に「完璧の美観」たるに背《そむ》かず。青、チンチラ、燻し、黒等も亦《また》甚だ賞美せらる。就中《なかんずく》初めの二者は殊に然り。

茲《ここ》に主なる毛色の分類に入るに先だち、典型的の波斯猫に欠《か》く可《べ》からざる資格を挙げんに、波斯猫の栄誉は一に係つてその毛皮にありとす。毛は長くして且《かつ》絹の如くならざるべからず。而《しか》して耳の周囲に於いて一層長く、織物の「縁飾《ふちかざ》り」の如くなることを要す。頭は円くして額広く、瞳は充分に大きく、その色は毛皮の色に従つて異なり、眼と眼と

波斯猫寫生圖

の間は相当に離れてあるべし。耳は小さく、毛の総《ふさ》を持ち、前方に程よく向ひ、二つの位置は互に近接せざるを良しとす。鼻は短からざるべからず、——世に云ふ「獅子ッ鼻」の最も可憐なるもの也。前肢は短かく、骨組みよく、足には密生せる毛の総あるべし。尚一つの最も顕著なる特性はその尾にして、それは短かく、極めて毿々《さんさん》たる毛を有す。

で、ドリスが所謂「完璧の美観」である白波斯であることは間違ひない。同書「白波斯」の条を見ると、又左の如く記されてゐる。——

白波斯

此《こ》の猫の養育に関し、往々《おうおう》誤れる意見を持つ者ありて、此れを育て、展覧会に出陳し、以《もつ》て成功せんと欲せば、居を田園に構《かま》へざるべからずとか、都会地に於いて此れを養ふも、展覧会にて栄冠を贏《か》ち得る望みなしとか云ふ人あれども、必ずしも然らず。此の種の猫は田舎に於いて飼育する方有利なること勿論《もちろん》なれども、白波斯の養成者が、繁華なる都会地にて成功せる例も少からず。適当なる家屋と、本書第三章第四章に説くところのドライ・クリーニングの方法に依り、或る程度まで不利なる条件に打ち克つを得る也。全身の毛皮が一点の曇りなき純白を保ち、房々とふくれたる状態は、その美しさ衆目の集まる所となり、真に展覧会場の花と云ふべし。そはパッチリとせる深みある青き瞳と、円き頭と、短く綺麗に切れたる耳と、大なる頭蓋と、よく発達せる鼻口部を有する短かき顔とを持たざるべからず。且又短かき身長と、健固なる四肢と、短かくして太き刷《は》毛《け》（即《すなわ》ち尾）とを持たざるべからず。体の上へ鞭《むち》の如く長く伸びたる刷毛は失敗にして、附け根がひろがり、先が大きく尖りたる耳も同様なりとす。耳は必ず毛を以て蔽はれてあるべし、裸なるべからず、全身の毛皮と同じく純白にして、寸毫《すんごう》の汚点、若《も》しくはクリーム色の縞《しま》等あるべからず。毛皮の地質は出来得る限り絹の如くにてあるべし。然れども青き瞳の白波斯は、不幸にして殆んど常に聾なるか、或ひは耳の遠きものなり。

が、幸か不幸か、ドリスは金色の瞳を持つてゐて、聾ではなかつた。兎にも角にも、さう云ふ日本には珍らしい猫であるから、彼のドリスを愛することは一と通りではないのである。その上波斯猫のいいことは、日本猫や欧洲猫のやうに敏捷《びんしょう》でなく、いくらか魯鈍《ろどん》なところがあつて、亡国的に、おつとりとしてゐる。彼の書斎にはせいのひよろ長い青磁《せいじ》の花瓶だの、石膏の仏蘭西人形だのが、所嫌はず置き散らかしてあるけれども、ドリスはするすると静かにその間を通り抜けて、一度もそんなものを倒したことがない。ちやうど育ちのいい、しとやかなお嬢さんのやうで、或る場合には魯鈍どころか、人間よりも繊細な心づかひをするやうに見える。尤《もっと》も一つ困つたことには、至る所に尾籠《びろう》なものを排泄《はいせつ》する癖があつて、いくら便器をあてがつてやつても、此ればかりは矯正されない。ここらが波斯猫の亡国的な所以《ゆえん》であらうが、可愛くなると不思議なもので、彼はドリスの糞便の世話をするのを、億劫《おつくう》だとも不潔だとも思はなかつた。

「うん、よしよし、何処でも好きな所へやりな、あとは己《おれ》が拭《ふ》いてやるから。」

と、さう云つた工合に甘やかすので、ドリスは平気で、極めて鷹揚に部屋のまん中へ垂れ流しをする。恐らく此れほど悠然と、女王の如き威厳を以て、支那絨毯の絢爛《けんらん》な敷き物の上へ糞尿をするものはないであらう。人間といへどもこんな贅沢は出来る筈がない。

そもそも此のドリスと云ふ猫は、もとは亜米利加《アメリカ》のPと云ふ活動女優の愛猫であつて、それがどうして彼の手へ渡つたかと云ふのに、ロス・アンジエルスに住んでゐる彼の友人のAなる男が、彼の孤独を慰めるべく、無理にP嬢から貰ひ受けて、はるばる贈つて来てくれたのであつた。Aの手紙に依ると、P嬢は非常にドリスを可愛がつて、しばしば彼女の映画の中に使つたことがあると云ふ。そしてその手紙には、P嬢が銀のやうにきらきら光る夜会服を着て、両手でドリスを抱きながら頬擦りをしてゐる写真を封入してあつたが、彼はその写真を見る迄もなく、たしかにP嬢の映画の中で、一度ドリスの姿を認めた覚えがあつた。何と云ふ題の絵であつたか、そこ迄は忘れてしまつたけれども、何でもP嬢がお得意とする妖婦型の役をやつた時だつた。寝間着をまとつた、しどけない恰好で、長椅子の上に腹這ひになりながら、両足を挙げてぶらんぶらんさせてゐると、そこへ真つ白な波斯猫が、椅子の下から媚びるやうに這ひ上つて来る。嬢が笑ひながら愛撫してやると、ドリスはさも嬉しさうに、払子《ほっす》のやうな尾を動かして、嬢の頬ツぺたや、頤《おとがい》の周りや、腋の下などへ一生懸命に首つたまを擦りつける。

「ドリスや、お前の方が馬鹿な男たちよりもよつぽどいいよ、うるさくなくつて、大人しくつて。………」

と、その場面にはそんなタイトルさへも出たやうな気がする。

だから「ドリス」と云ふ名前はその時分から附いてゐるので、彼はP嬢から、猫と一緒にそれまで譲《ゆず》られた訳であつた。ドリスが始めて、「これあ丸」のボーイに托されて神戸へ着いた時、バスケットを提《さ》げて受け取りに行つた彼は、写真結婚をする日本の移民が、嫁御寮を迎ひに行くのと同じやうな気持ちであつた。そして

「ドリスや、ドリスや、」

と呼ぶと、

「おや、此の人はどうしてあたしの名前を知つてゐるんだらう。色の真つ黒な、P嬢とは似ても似つかない変な男だが、」

と、最初は気むづかしさうな様子で、眉に八の字を寄せてゐたが、家へ連れて来て二三時間もするうちに、程なく馴れて「にやあ」と返辞をするやうになつた。その「にやあ」と云ふ声をきくと、彼はP嬢の紅い唇を連想した。あの美しい、クローズアップで見覚え

のある、カッキリと割れた二つの朱線、――あの唇も、定めてしばしば此の猫に向つて、「ドリス」と云ふ名を呼んだであらう。"Doris《ドリス》! Doris《ドリス》!"――と、此の発音をする時に、あの二つの朱線はどんな工合に動いただらう。"Do《ド》"と云ふ時はOの字形に円く開かれ、"ri《リ》"と云ふ時はきんまくわ瓜の種のやうに粒の揃つた歯並びが見え、"s《ス》"と云ふ時は上の歯列と下の歯列がカッチリと合つて、唇の先は恰《あたか》も接吻を求めるかのやうに、前の方へ突き出たであらう。さうして又、亜米利加流にりんりんとした彼女の声は、どんなに快活に、どんなに晴れやかに、部屋の隅々へ鈴のやうにひびいたことだらう。此処にゐる此の猫は、長い間その唇の運動を見、その声を浴びせられてゐたのだ。さうして今や日本へ渡つて、此の狭くるしい書斎の中へ入れられて、己《おれ》の銅間声《どうまごえ》で「ドリス」と呼ばれても、やつぱり「にやあ」と返辞をする、その金色の瞳には、未だにもとの女主人の唇がはつきり映つてゐるかのやうに。………

彼はドリスを、P嬢がそれを抱いたのと同じポーズで抱いてみた。P嬢が頬を擦りつけた、同じところへ自分の頬を擦りつけてみた。P嬢の通りにしどけない寝間着姿で、長椅子の上へ腹這ひになつて、両足を挙げてぶらんぶらんさせながら、ドリスの首つたまを自分の頬ツぺたや、頤の周りや、腋の下へ突つ込んでみた。さうして彼も亦《また》、

「ドリスや、お前の方が馬鹿な女たちよりもよつぽどいいよ、うるさくなくつて、大人しくつて。………」

と、そのタイトルを云ふのであつた。

思ふにP嬢はドリスの臀癖《しりぐせ》の悪いのにあいそを尽かして、さてこそ手放したのであらうが、それが彼にはもつけの仕合はせになつたのであるから、垂れ流しをされたところで恨むにはあたらない。で、此の頃の彼の仕事と云へば、一日ドリスの跡を追ひ廻して、その臀拭《しりぬぐ》ひをすることとであつた。

「ああ、さう云へば西洋には女の美容術があるばかりぢやない、猫の美容術もあるんだつけな。西洋人は猫の白い体をも、女の白い体と同じく飴細工のやうに考へてゐるんだ。」

彼はふいと又そんなことを思ふと、読みさしの「モウシヨン・ピクチユア・クラシック」を閉ぢて、ちやうどデスクに置いてあつた、今の「家庭的愛玩猫」の或るページを開いた。断つて置くが、此の書は彼がドリスを養育するためにわざわざ倫敦《ロンドン》から取り寄せた珍書で、めつたに日本にはないのである。さうしてドリスが彼の書斎を離れない如く、此の書も常に彼の座右に備へ付けてあるのである。

と、彼の眼に触れた第五十ページにこんな事が記してある。――

各種類の猫の眼は間断なき注意と看護とを要す。眼瞼《まぶた》を縁取り、眼球を蔽《おお》ふところの粘膜は、種々なる原因に依りて炎症を起すことあり。そは単に偶然の結果か、外物の附着せるためか、風邪《ふうじや》その他の病気と共に併発するか、強烈なる薬剤の中毒か、或は全く体質に依るもの也《なり》。斯《か》かる場合には夥《おびただ》しく涙を流し、眼を細くし、若《も》しくは全然眼瞼を閉ぢて、光線を避くる風あり。一般に風邪より発生したるものは、此れを居心地よき屋内に移し、空気と光線の刺戟より遠ざくれば間もなく快癒す。生温かき牛乳と水との混和液は、眼やにその他のいかな分泌物にも有効にして、然る後に硫酸亜鉛四グレイン、薔薇水一ドラム、蒸溜水一オンスの溶液を以て拭ふを可とす。此の場合猫の頭を仰向けにして、充分溶液を眼球の周囲に浸潤せしむ。此の溶液を一週間用ふるも尚効力なき時は、黄色酸化水銀一グレイン、純精ラード一ドラムの塗り薬を、毎日朝夕二回づつ用ふ。若し外物の附着せる時は、駱駝《らくだ》の毛筆を以て、眼球の上を静かに撫でて除き去るべし。眼をぱつちりとせしむるために或る薬剤を用ふるも可也。成長せる猫にはデザートスプーンに蓖麻子《ひまし》油一杯、仔猫には茶匙に一杯を適量とす。

長毛猫にありては耳に対する特別の注意を要す。耳の総《ふさ》には塵埃汚物等が附着し易きものにして、猫自らは此れを除き去ること能はず、頭を振り、耳を掻きなどすれども、何等の効なし。依つて二日置き若しくは三日置きに、程よく乾燥せるスポンヂを耳の内側と外側とに用ふべし。但し此の場合に総を損せざるやうにせざるべからず。

五十九ページから六十ページには毛皮の梳《す》き方と云ふのがある。――

毛皮の梳き方。——毛を梳くことは展覧会用の猫のためには欠くべからざる手段にして、健康を増進し、快感を与ふる見地よりするも、必要以上に願はしきこと也。その梳き方は個々の猫に依り、毛皮の状態に応じて異る。古き毛皮を有する猫は、毎日綿密に梳《くしけず》り、全く古き毛を除き去るにあらざれば、多くの場合円滑なる新陳代謝は行はれ難きもの也。此れには稍《やや》硬きブラシを用ひ、時には櫛を用ふるも可。但《ただ》し一とたび古き毛の層を最底部より除きたる後は、柔軟なるブラシを用ふ。此の際注意深くせざれば誤つて毛根を傷け、美しき毛の発生を妨ぐることあるべし。猫に依りては全然斯かる手数を要せず、単に両手の指を通して毛と総と尾とを梳けば充分なるものあり。猫の毛皮用のブラシと櫛とは、猫美容器具に於いて求めらるべし。毛を梳くことは皮膚の作用を旺盛にして、良好なる毛皮を発生せしむるに役立つのみならず、併せて有害なる寄生虫を駆除する効あり。此の目的のために梳き毛は凡《す》べて火に焼き捨て、ブラシは時々殺虫剤に浸すを良しとす。手を以て摩擦することも、或る種の犬に於けるが如く、短毛猫の場合に於いては有効なりとす。猫は適当に規則的に梳らざれば、体ぢゅうを舐め廻す時に古き毛を嚥下して、絶えず病気を引き起すもの也。

入浴法。——如何にして毛皮を清潔にすべき乎《か》。一般に猫の入浴はその取り扱ひ困難なるが、此れを別にするも毛皮に悪影響を及ぼし、感冒の危険あるが故に、往々好ましからざることあり。然れども尚或る場合には殆ど絶対に必要なることなきにあらず、依つてその方法を左に示すべし。

先《ま》づ多量の水を用意し、二箇の浴槽を備へ付け、種々なる取り扱ひに応ずるために一人の助手を要す。浴槽第一号、――水温九十度、一ギヤロン毎に四分の一ポンドのフーラー粘土と任意量の黄色石鹼（サンライト石鹼最も可也。）を加へ、此れを充分に混和す。さてその次ぎに為すべきことは、始めて入浴する猫に於いては甚だ困難にして、それは全身を完全に水に浸し、びつしよりと浸透せしむること也。此れを為すには只管《ひたすら》親切に、欺《だま》し賺《す》かすより外に道なし。頭部は最後に洗ふべし。スポンヂと柔かきブラシは必要なれども、手にて洗ふを最も良しとす。シヤボンをたつぷりと泡立てて、下部より始め、常に頸より尾の方向へ、真つ直ぐに上方より下方へ、堆積せる垢を洗ひ落すべし。毛の縺《もつ》れたる部分は石鹼水とフーラー粘土にて柔かに解くべし。此れを行ふには約一時間を要するを以て、時々少量の湯を挿し加ふ。斯くて鼻孔より上方の顔を洗ひ、スポンヂを以て耳を洗へば、完全に終る。

助手は此の間に浴槽第二号（なるべく大なるを可とす。）へ同じ温度の水を充分に湛ふ。さて両手を以てしつかりと猫を抱き、第一号浴槽に於いて彼女の体を上下に振り動かし、能ふ限りシヤボンを漱《すす》ぎ去りたる後に始めて第二号浴槽に移し、此処にて更に残物を洗ひ流すべし。次ぎに柔かきタオルを以て、矢張り頸より尾の方向へ、上方より下方へ、拭へるだけ湿気を拭ひ、最後に動物を、適宜に藁《わら》を加へたる大いなるバスケットの中に閉ぢ籠む。猫は暖かき室内に於いて、毛皮が美しく乾燥するまで、数時間バスケットの中に在ることを要す。毛がパラパラに広がるまでは決して風にあてるべからず。若し入浴が必要なる時は、少くとも展覧会へ出場する四日以前に此れを行ふ。その四日間は毛皮が汚物に染まざるやうに、厳重なる監視の下に置くこと云ふ迄もなからん。

ドライ・クリーニング法。――――大多数の愛猫家に取りては、猫を沐浴せしむることは禁物なりとす。斯《か》かる場合には猫展覧会カタログの広告欄に散見するところの、有名なる店舗より発売するドライ・クリーニング・パウダーを用ひて、沐浴よりも遥かに良好の結果を挙げ、毛皮の光沢を維持するを得ん。その用法は説明書に就《つ》いて見るべく、扱ひ方は沐浴に比べて頗る容易なるもの也。読者自身にて此のパウダーを作らんと欲せば、熱き糠《ぬか》、焙《い》りたる麦粉、（此れに洗濯用青色粉末を加へたるもの。たとへば全身純白の猫に施して、毛皮を白くするに効あり。）或ひはフーラー粘土等を用ひて可也。此れらを指先にて毛皮に擦り込み、充分に垢を除去したる後にブラシを以て悉く粉末を払ひ落すべし。此の最後の仕上げは重要にして、万一粉末が残留する時は、翌日の展覧会にて失格すること論を俟《ま》たず。されば展覧会当日の朝、ブラシにて払ひたる上を清潔なる白ハンカチーフを以て拭ひ、掌もしくは手袋を穿《は》めたる手を以て摩擦することを勧告す。ギルダー漂白剤も亦甚だ有効なりとす。

彼は此の本を虎の巻にして、毎日暇に任せてはドリスを研《みが》き立ててゐるのだが、かうして拾ひ読みをし始めると、猫の美容法も際限がない。或る場合には人間以上に面倒である。さうして西洋には足の専門家やたこや豆の専門家があるばかりでなく、猫の美容術師も居るのだと見える。現に此の中にあるフーラー粘土とか、駱駝《らくだ》の毛筆とか、猫の毛皮用のブラシとか、ドライ・クリーニング・パウダーなどは、「有名なる店舗」や「猫美容器具販売所」へ行けば、普通に売つてゐるのであらう。此の本の表紙の裏にもさう云ふ広告が沢山出てゐる。猫の常用薬（コムプリート・キャット・キユーア）と云ふのがある。猫の咳止め（コムプリート・キャット・カッフ・キユーア）と云ふのもある。その他コムプリート・キユーラテイヴ・キャット・クリーム、コムプリート・キャット・キャンカー・キユーア、コムプリート・キャット・コム、………此れでは「クラシック」の広告も三舎を避ける。今に猫の整鼻器だの、最新式睫毛美化法だのが出来るかも知れない。………

（つづく）

（昭和二年一月号―二月号、四月号「苦楽」）

解　説

千葉俊二

もうだいぶ前のことだけれども、私の友人のひとりがこんなことをいっていた。うちのカミさんはフランス資本の外資系金融機関につとめているのだが、フランス人のボスが転勤で、フランスから日本へ赴任してきたとき、彼は日本を知るために仏訳されている日本の小説をできるだけたくさん読んできたという話をしたという。そして、そのなかでいちばん興味深く、面白く読んだのが、谷崎潤一郎の「猫と庄造と二人のをんな」という作品だといっていたというのだ。

「猫と庄造と二人のをんな」は一九三六年（昭和十一）一月と七月の「改造」に分載されたが、「卍（まんじ）」「蓼喰ふ虫」「盲目物語」「春琴抄」などの名作群を書きあげて、前年から「源氏物語」現代語訳の仕事に取りかかったさなかに発表された作品である。昭和初年代の谷崎文学を代表する傑作群と「源氏物語」現代語訳、およびそのあとを受けて書かれた大作「細雪」の間にはさまれて、あまり目立たない作品であるけれど、この作品が好きだという谷崎の愛読者は意外と多い。ことに猫好きにとっては、谷崎自身の体験をふまえて生き生きと描写された愛猫リリーの姿にたまらない魅力を感じることだろう。

友人の話を聞いて私は、妙に感心してしまった。まずフランスにおいては小説、というよりも文学がいまだ文化的に根づいており、人々が自分自身の楽しみとしてばかりか、文学作品をそんな風に享受することもあるのだと知った（単にそのボスが特別に文学好きな人物で、猫好きだっただけのことかも知れないが）。それから「猫と庄造と二人のをんな」という作品は、まぎれもなく関西に住む日本の一庶民の典型を描いた作品だけれど、このしゃれたウィットとしんらつな皮肉にみちた軽妙な恋愛ばなしは、たしかにどこかフランス小説に通じるかも知れないと感じさせられた。

いま後者に関連させていえば、一九三二年（昭和七）七月の「改造」に掲げられた「正宗白鳥氏の批評を読んで」で谷崎は、「近頃読んだ翻訳物では、ラデイゲの『ドルヂエル伯の舞踏会』（堀口大學氏訳）と云ふものに私は一番敬服した」といっている。レイモン・ラディゲは「肉体の悪魔」「ドルジェル伯の舞踏会」の二作品を残して二十歳で夭折したフランス作家だが、堀口大學訳の『ドルヂエル伯の舞踏会』は一九三一年（昭和六）一月に白水社から刊行されている。

若き日の三島由紀夫がラディゲの天才に嫉妬し、この「ドルジェル伯の舞踏会」に匹敵するような作品を書いて、自分も二十歳までに夭折したいという願望をいだいたことはよく知られている。この「ドルジェル伯の舞踏会」はアンヌとマァオというドルジェル夫妻がフランソワ・ド・セリュウズという若者と知り合い、やがてドルジェル夫人のマァオとフランソワが互いに惹かれ合い、愛しあうまでの過程を、ふたりの心理の綾を緻密に語り出してゆく。それればかりか、ふたりを取りまくさまざまな登場人物の心理を、それこそ語り手はあたかも掌を指すかのようにこと細かに分析しながら描きあげているのだ。

「この小説の中では、心理がロマネスクなんだ」「空《イマジナシヨン》想の努力は専らこの点に集中される。即ち外面的な事件に対してではなしに感情の分析に集中されるのだ」「つつましい恋愛の小説でありながら、同時にまた、如何なる好色本より猥《みだら》な小説にする。文章は、下手なやうな文章を用ゐる、例へば真の粋《いき》が、地味なものであるやうに」『社交的』方面　或る種の感情の開展に役立つ雰囲気を作り出す為めであつて、社交界を描出しようとするのではない。この点がプルストと異なるところだ。背景は重要ならず」。

谷崎は先の文章に、ラディゲの残したこのような「覚え書き」を引用している。そして、その「感心」したという三ヶ条をあげる。第一に「作者の意図が遺憾なく作品に実現されてゐる」こと、第二に「此の覚え書きの趣意、即ちプランそのものが既に甚だ尋常でないこと」、そして「第三には、此の小説は正しく心理のロマネスクであり、作者の努力が『外面的な事件に対してではなしに感情の分析に集中され』てをり、『或る種の感情の開展に役立つ雰囲気を作り出す為め』にのみ、社交界が描かれてゐるに過ぎないけれども、それでゐて、篇中の人物の心理が織り出す波瀾を透して、外界の物の有様が、――たとへば顔つきや、声音や、服装や、人柄や、四辺の情況等が、――眼に見えるやうに浮かんで来ることである」といっている。そして、「二十歳の若さでこんな物を遺す程だから、余程早熟だつたのであらうが、（中略）斯かる天才児が生れるのは、畢竟その社会の文学の常識が余程進んでゐる証拠であつて、それだけの準備のない、水準の低い文壇に、偶発的にから云ふ作家が飛び出すことは先づ有り得ない」という。

おそらくこのラディゲの「ドルジェル伯の舞踏会」に刺戟、触発されたのだろうが、この時期に谷崎も「仏蘭西風の近代心理小説」に関心を寄せ、そうした作品への意欲を示したことがあった。一九三二年（昭和七）十二月六日付の中央公論社社長の嶋中雄作宛書簡に「『波紋』と題する百枚程の中篇を書きたいのです。あまり古くさい和文趣味のものばかり書きましたから、今度は一つ現代の上方を材料にして仏蘭西風の近代心理小説を書いてみたいのです」と吐露している（『増補改訂版　谷崎先生の書簡　ある出版社社長への手紙を読む』中央公論新社　二〇〇八年）。そして「波紋」は実際に書き出された。同年十二月二十五日付の嶋中雄作宛書簡には「『波紋』原稿十枚分御届けいたし候」とあるが、翌年三月四日付の書簡で「『波紋』がどうしても思ふやうに書けず失敗いたしました」と報じられている。

この書きかけられた「波紋」の原稿は残っていないので、今日となっては、それがどんなものだったか皆目わからない。「波紋」の失敗を告げた同じ書簡で谷崎は、「しかし今度は全然別の材料を以て別の創作を思ひつき唯今執筆いたして居ります」と語っている。この「別の創作」というのが、昭和初年代に谷崎が好んで執筆した「和文趣味のもの」の頂点をきわめることになった「春琴抄」である。昭和六年の「吉野葛」「盲目物語」、七年の「蘆刈」、八年の「春琴抄」、十年の「聞書抄（第二盲目物語）」と、和文趣味の作品群は書きつづけられたけれど、谷崎はひそかにそのサイクルを断ちきり、「現代の上方」を舞台とした「仏蘭西風の近代心理小説」を書いてみたいという願望をもちつづけていたようだ。

それがようやく結実したのが、この「猫と庄造と二人のをんな」だった（昭和九年の「夏菊」でもそれを試みようとしたのだろうが、モデル問題で中絶している）。「ドルジェル伯の舞踏会」がほとんど全編を登場人物の心理分析で押しとおし、読者にある息苦しささえ感じさせるのに比べて、「猫と庄造と二人のをんな」は的確な描写と軽妙な会話とをあいだに挟みながら登場人物の心理描写が交互にゆったりと織りこまれており、その読後の印象はだいぶ違う。が、このまったく無理のない物語の自然な流れとそこに見事に溶けこんだ心理分析との絶妙なバランスとは、「波紋」失敗以来の谷崎の心理小説に対する研究のたまものだったといっていいだろう。

息子を自分の思いどおりに動かそうとする打算的な母親、その母親の言いなりになるマザコンのダメ男のようでありながら、自己の意志だけはちゃっかりと貫く庄造（一九五六年に豊田四郎監督によって映画化されたとき、大阪生まれの森繁久彌はこの役をいかにもピッタリと好演している)。その庄造をめぐる前妻と後妻のふたりの女の凄絶な心理的葛藤。一匹の猫にかかわることで、それまで意識もしなかった登場人物たちの深層心理までも巧みにえぐりだしてしまうこの作品は、先のフランスから赴任したボスの話ではないが、もっともっと読まれ、評価されてもいいだろう。何よりこの作品は、小説を読むたのしみと醍醐味を存分に味わわせてくれる。また読後には愚かしくも滑稽な打算と深謀遠慮に満たされたあまりにも人間的な愛情と、本能のままに無窮の媚態を示すことになる猫のそれとが対比され、愛情とは何かということを考えさせられてしまう。末尾に描かれた庄造のように私たち人間は、ひとりひとりが愛情乞食のごとき「可哀そう」な存在で、誰しもこの世界に「宿なし」として放りだされているのではないかとさえ思わざるを得なくなる。

附録として掲げた「ドリス」には、「ドリスと云ふ美女、並びに同じ名の波斯猫《ペルシャねこ》のこと」という副題が添えられている。そこからも明らかなように、谷崎には理想的な女と猫とはある共通性を有するものと認識されていたようだ。晩年に書かれた「私の好きな六つの顔」(「中央公論」臨時増刊、昭和三十二年五月)では、「私は生来猫好きで、女でも猫のやうな感じの顔が好きなのである」といっている。この未完の「ドリス」ではおそらく「完璧の美観」たる猫と女との同一化の物語がこころみられたのだろう。残念なことにこの作品は中絶されたけれど、「猫と庄造と二人のをんな」ではこうした観念性は払拭され、まさにリリーという生きた猫がヴィヴィッドに、ひとりの男を虜《とりこ》にしてしまうその魅惑的な姿態や顔つきが、甘えたようなその鳴き声にいたるまで、それこそ眼に見えるように描きだされる。

＊

これまで「猫と庄造と二人のをんな」について定説のように語られてきた事柄に関し、私はここでひとつの検討を加えておきたいと思う。それはこの作品のモデル問題についてだ。谷崎は一九三五年（昭和十）一月に森田松子と三度目の結婚をしているけれど、その折の丁未子《とみこ》夫人との離婚と松子夫人との結婚がこの作品の背景になっており、それを換骨奪胎したものというのがほぼこれまでの定説である。つまり庄造のところから追い出された品子が丁未子で、そのあとがまとして庄造のところに居ついてしまったのが松子であり、庄造は谷崎そのひとだという見立てである。

たしかに作品執筆の直前に離婚と再婚ということを体験しているのだから、それが作品にまったく反映していないといってしまえばウソになろう。が、その見立てをあまりにストレートに受けとめてしまうと、無教養な作中人物たち――庄造にいたっては「母親からも女房からも自分が子供扱ひにされ、一本立ちの出来ない低能児のやうに見做される」とまで書かれている――と、モデルとのあいだの大きなギャップに途惑いを感じさせられてしまう。谷崎のフィクションの拵え方の巧さといってしまえばそれまでだけれど、谷崎作品においてこれほど無教育な庶民階級に属する人物が取りあげられることは珍しい。ここには別にモデルがあると考えた方がすなおだろう。

新書判『谷崎潤一郎全集』第二十三巻の「解説」で、伊藤整は「猫と庄造と二人のをんな」の執筆と「初昔」中の次の記述とを結びつけている。「昭和八年と推定される年に、同居してゐたお須恵といふ妹さんが嫁いで一人になつた時、『出来るだけ過去の因縁を断ち切るために、さま〴〵な思ひ出とつながつてゐる二匹の猫までも再び他家へ預けてしまつたのであつた』といふ記述」である。伊藤整はこの文章を書いたとき、庄造のモデルがこのお須恵の結婚相手の河田幸太郎だったということまでは知らなかったろうけれど、そこにはある直観がはたらいていたのだろう。

谷崎のいちばん末の妹の須恵（末）は、「初昔」に記されたように叔父のところへ養女として遣られたが、その養家が左前になってからは、谷崎のもとで生活をすることも多くなった。谷崎がいうところでは、「不仕合せな生ひ立ちをして来たゝめでもあらうか、何処か性質に扱ひにくいところがあり、それに、田舎で教育なども十分には受けてゐず、頭の程度も兄弟中で一番後れてゐると云ふ工合なので、離れて考へれば可哀さうなのだけれども、面と向つては、家族の誰もが腹の立つことや手古摺《てこず》ることがしば〳〵あつた」という。

須恵は一度嫁いだこともあり、子供もひとりあったけれど、すぐにその男とも別れなければならないことになった。子供は取り戻したけれども、須恵の庶子として届けられ、京都の田舎の方へあずけられていた。谷崎は「妹とその連れ子のことは、自分が一生面倒を見なければならないかとも考へてゐた」が、一九三三年（昭和八）六月に京染悉皆屋《しっかいや》の「張幸」こと河田幸太郎との再婚話が、子供までも引き取って世話しようということで急にまとまったという。

このお須恵の子供というのが谷崎秀雄さんである（秀雄さんは昭和三年六月十六日生まれで、実父は福山出身の水間周《みずまおさむ》）。秀雄さんは昨年（二〇一二年）十一月に亡くなられたけれど、生前に直接お話をうかがったところでは、「猫と庄造と二人のをんな」の庄造は「張幸」の河田幸太郎そのままだったという。それればかりではない。庄造の母おりんも幸太郎の母お百《ひやく》に生き写しのような人物で、百は越前福井藩主の松平春嶽《しゆんがく》につかえた百五十石取りの河田半十郎の娘だったという。また幸太郎の前妻は、「猫と庄造と二人のをんな」の品子と同じように働きもので、店を取り仕切っていたけれど、子種にめぐまれなかったことが離縁の口実にされたという。

幸太郎は若い頃、大阪の薬屋へ勤めたり、ゴルフ練習場のキャディーをしていたこともあったというが、ひとに取り入ることがとても上手で、誰からも可愛がられていたという。しかし、いっこう商売に身を入れることのない遊び人でもあった。作中において庄造は「猫を可愛がること、球を撞くこと、盆栽をいぢくること、安カフェエの女をからかひに行くことぐらゐより、何の仕事も思ひ付かない」と語られている。幸太郎も「張幸」の店の並びの角に玉突き屋があって、そこに入り浸っていたといい、そして「盆栽」ならぬ生け花を趣味としていたという。

一九三四年（昭和九）三月に谷崎は武庫郡精道村打出下宮塚十六番地へ引っ越し、松子と密かに同棲をはじめるが、この借家をさがしてきたのはお須恵だった。この借家は詩人の富田砕花の義兄が持ち主で、その隣には砕花自身も住んでいたけれど、お須恵が再婚した河田幸太郎の「張幸」の店からもさほど離れた距離ではなかった。そんなことで谷崎は「張幸」こと河田幸太郎を親しく観察する機会もあって、庄造のモデルに彼を使ったのだと思われるが（「猫と庄造と二人のをんな」もこの借家で執筆された）、モデルといってもそれはあくまで外形的なものにとどまっていたと思われる。

先にも指摘したように登場人物の心理的な側面は、自己の離婚と再婚の体験を踏まえた創作だろうが、谷崎は一九三〇年（昭和五）に千代夫人を佐藤春夫に譲ったときと、今度の丁未子夫人との場合と二度の離婚を経験している。したがって、「猫と庄造と二人のをんな」に反映した離婚・再婚劇も、何もその直前の丁未子との離婚、松子との再婚ばかりではなかったろう。「佐藤春夫に与へて過去半生を語る書」（「中央公論」、昭和六年十一、十二月）には千代夫人との離婚に際し、「二人はお互ひに夫婦としての未練はないのだが、共通の過去を振り捨つるに忍びず、（中略）どうしたら過去に煩はされずに別れることが出来るかと云ふ問題」が重く伸し掛かったと告白している。

「初昔」においても丁未子と別れ、須恵も嫁いでひとりになったとき、「出来るだけ過去の因縁を断ち切るために、さま〴〵な思ひ出とつながつてゐる二匹の猫までも再び他家へ預け」たという。離婚に際して、谷崎はみずからの二度の離婚劇をとおし夫婦の思い出にまつわる過去の処理がいかに大事かということを身に沁みて学んだようだ。すると、「リ、ーと云ふものは、庄造の過去の一部なのである」と語られるこの「猫と庄造と二人のをんな」も、そうした夫婦の思い出にまつわる過去の処理にかかわる悲喜劇が描かれた作品ともいえる。まさに離婚という生臭い人間的な感情が正面から衝突する局面で、打算なく愛してくれるものへきわめて忠実に媚態を示す「猫」という存在を介することによって、過去に引き摺られる人間のエゴイスチックな愛憎の心理劇が浮き彫りにされる。

なお、作品そのものとは関係ないけれども、谷崎秀雄さんからお聞きした河田幸太郎のその後についても簡単に記しておこう。幸太郎には姉がひとりいて、その旦那が脚をつけ根から切断するような大事故に遭った。それ以来、その旦那は家に引きこもってやけ酒を飲むようになり、姉がその飲み代を「張幸」へゆき、母のお百に泣きついてせがむようになった。その結果、一家は離散する運命となったが、秀雄さんはお百、幸太郎、お須恵と一緒に、家財道具を大八車に積んで、旧国道を東へ夜逃げした記憶を鮮明にもっているという。それは一九三六年（昭和十一）頃だったというが、その後、幸太郎は東京へゆき、お須恵は潤一郎の世話で神戸の和裁の学校へ入れられて寄宿舎暮らしをし、秀雄さんは潤一郎に引き取られた。百は一九三八年（昭和十三）十一月に七十九歳で亡くなり、戦後、幸太郎は古物商で生計を営んだが、一九七一年（昭和四十六）三月一日に七十歳で他界、須恵は一九八四年（昭和五十九）七月三十一日に八十三歳で没したという。

最後に本文の仮名づかいについて。伊吹和子『われよりほかに　谷崎潤一郎最後の十二年』（講談社　一九九四年）によれば、中央公論社版『日本の文学』ではじめて谷崎作品を現代仮名づかいに直して収録することになったとき、この作品の冒頭部、品子から福子へ宛てた手紙の表記が問題となった。「原作のその表記には、品子の教養の程度を示すために、わざと間違った旧仮名遣いが混ぜ込んであった。ウ音便の表記は、旧仮名の時でも『思うたら』『云うたら』が正しいのに、それを『思ふたら』『云ふたら』と書き、助詞の『は』を、一ヶ所『何にもなりわしません』と記した所があるのだが、全体を新表記にしてみると、『思ふたら』『云ふたら』はいかにもわざとらしくなってしまう。そこで、そこは正しい表記に直し、助詞の『は』を『わ』に誤った箇所をいくつか殖していただいた」という。本書の表記は旧仮名づかいのままとしたので、旧仮名づかいとして正しくない箇所もあるけれど、誤植ではないのでくれぐれもご注意願いたい。

（ちば　しゅんじ・早稲田大学教授）

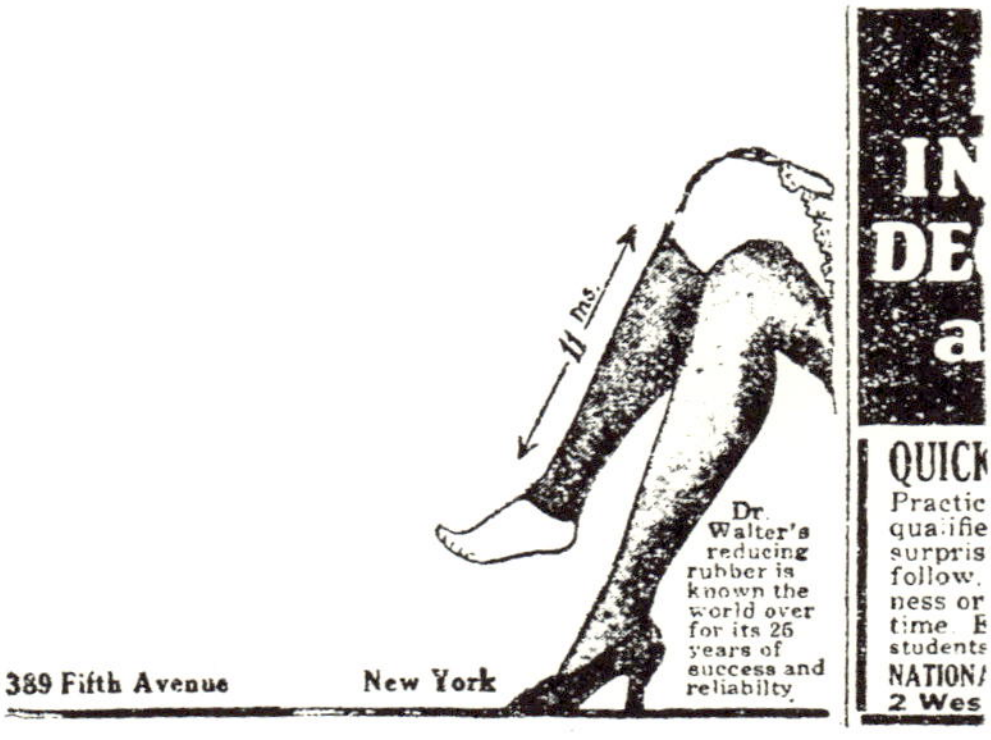
11 ins.
Dr. Walter's reducing rubber is known the world over for its 25 years of success and reliabilty.
389 Fifth Avenue
New York
IN
DE
a
QUICK
Practic
qualifie
surpris
follow.
ness or
time. E
students
NATION
2 Wes

本書は、一九八二年（昭和五十七）六月に中央公論社から刊行された『谷崎潤一郎全集』第十四巻を底本とし、一九三七年（昭和十二）七月に創元社から刊行された『猫と庄造と二人のをんな』を適宜参照しました。さらに、「ドリス」は一九八二年（昭和五十七）三月に中央公論社から刊行された『谷崎潤一郎全集』第十一巻を底本とし、一九二七年（昭和二年）の初出誌「苦楽」一、二、四月号を適宜参照しました。

正字を新字にあらためた（一部固有名詞や異体字をのぞく）ほかは、当時の単行本の雰囲気を伝えるべく歴史的かなづかいをいかし、踊り字などもそのままとしました。ただし、ふりがなは現代読者の読みやすさを優先して新かなづかいとし、副詞などにふりがなを適宜補いました。

本書に収載された作品には、今日の人権意識からみて不適切と思われる表現が使用されておりますが、本作品が書かれた時代背景、文学的価値、および著者が故人であることを考慮し、発表時のままとしました。

（中公文庫編集部）

各書目の下段の数字はISBNコードです。978－4－12が省略してあります。

中公文庫既刊より

た-30-11
人魚の嘆き・魔術師
谷崎潤一郎
愛親覚羅氏の王朝が六月の牡丹のように栄え耀いていた時分――南京の貴公子の人魚への讃嘆、また魔術師と半羊神の妖しい世界に遊ぶ。〈解説〉中井英夫
200519-8

た-30-46
武州公秘話
谷崎潤一郎
敵の首級を洗い清める美女の様子にみせられた少年――戦国時代に題材をとり、奔放な着想をもりこんで描かれた伝奇ロマン。木村荘八挿画収載。〈解説〉佐伯彰一
204518-7

た-30-47
聞《きき》書《がき》抄《しょう》
谷崎潤一郎
落魄した石田三成の娘の前にあらわれた盲目の法師。彼が語りはじめたこの世の地獄絵巻とは。菅楯彦による連載時の挿画七十三葉を完全収載。〈解説〉千葉俊二
204577-4

た-30-50
少将滋幹《しげもと》の母
谷崎潤一郎
母を恋い慕う幼い滋幹は、宮中奥深く権力者に囲われた母の元に通う。平安文学に材をとった谷崎文学の傑作。小倉遊亀による挿画完全収載。〈解説〉千葉俊二
204664-1

た-30-52
痴人の愛
谷崎潤一郎
美少女ナオミの若々しい肢体にひかれ、やがて成熟したその奔放な魅力のとりことなった譲治。女の魔性に跪く男の惑乱と陶酔を描く。〈解説〉河野多恵子
204767-9

た-30-53
卍（まんじ）
谷崎潤一郎
光子という美の奴隷となった柿内夫妻は、卍のように絡みあいながら破滅に向かう。官能的な愛のなかに心理的マゾヒズムを描いた傑作。〈解説〉千葉俊二
204766-2

た-30-54
夢の浮橋
谷崎潤一郎
夭折した母によく似た継母。主人公は継母への憧れと生母への思慕から二人を意識の中で混同させてゆく。谷崎文学における母恋物語の白眉。〈解説〉千葉俊二
204913-0

中公文庫

猫《ねこ》と庄造《しょうぞう》と二人《ふたり》のをんな

2013年7月25日　初版発行
2021年2月28日　再版発行

著　者　谷崎潤一郎《たにざきじゅんいちろう》

発行者　松田陽三

発行所　中央公論新社
〒100-8152　東京都千代田区大手町1-7-1
電話　販売　03-5299-1730　編集　03-5299-1890
URL http://www.chuko.co.jp/

DTP　柳田麻里
印　刷　三晃印刷
製　本　小泉製本

Published by CHUOKORON-SHINSHA, INC.
Printed in Japan　ISBN978-4-12-205815-6 C1193
定価はカバーに表示してあります。落丁本・乱丁本はお手数ですが小社販売部宛お送り下さい。送料小社負担にてお取り替えいたします。